瑶
诗派

第二辑

李少君 陈作涛 主编

中国文联出版社

春归集

王悦笛

著

作者简介

王悦笛

1991 年生，四川成都人。
青年诗人，中国社会科学院文学博士，
现为中国国家版本馆馆员。
多次获得中华大学生诗词大赛冠军
及其他全国诗词类奖项，
诗词作品在《诗刊》、《中华辞赋》、
中国诗歌网等多个平台发表，广获好评。
多次担任全球短诗大赛、
全国大学生樱花诗歌邀请赛等诗赛评委。
曾获得河北卫视《中华好诗词》第一季亚军、
"诗词王中王"特别季冠军，
央视《中国地名大会》第一季单场冠军。
多篇学术论文和译作发表于
《中国社会科学院研究生院学报》、《杜甫研究学刊》、
《中外论坛》等学术期刊。
2022 年出版学术专著《唐宋诗歌与园林植物审美》
（中国社会科学出版社）。

"春归"有二义：

一日春天来临，"春归在客先"是也；
一日春天去尽，"风雨送春归"是也。
春去春来都是它。
此集与我青春相始终，见证青春之始，又目送青春之逝。
因以为名。

目录

1. 樱谢珞珈

3. 登瀛

4. 我和我的家乡

5. 平居碎笔

6. 形语影

7. 镜花水月

8. 博士·未济

9. 博士·既济

10. 星星与人民币

11. 旅食京华

12. 文心别裁

13. 笛箫的故事

14. 二〇一八——里奥·梅西

15. 彤的生日

16. 诗可以群

1.

樱谢珞珈

最是人间留不住，朱颜辞镜花辞树。
　　　　——王国维

校园秋樱

残活神垂护，讹开暖见欺。一飘曾不吝，再发亦何辞。
江汉流无限，居诸逝有期。明年别三楚，看汝岂多时。

河传

七岁。江涘。盘桓且此。薄身如纸。忆中梦雨湿双鬟。
梦残。指声惊一弹。　而今幽坐家灯下。流光泻。孤盏
燃庞夜。想山斋。踏清哀。重来。樱花开未开。

醉落魄·毕业离校值雨过校门牌楼

水檐云柱。茫茫何日重过汝。斜风细雨年时路。悄悄曾
来，悄悄今还去。　博考不成工亦误。闲身没个安排处。
从今不是樱花主。伞上凉声，伞下离人举。

隔浦莲近拍·梦珞珈

灵狐呼吸以踵。十八秋山栋。故院背残日，透书窗、听
宵讽。漫潩生面孔。班车重。例碾街心痛。　墨樱涌。
神枫异桂，睡时一一偷种。湖烟湖水，绕枕尽成狂梦。
欲掬柔波滑指缝。微冻。漏干终不盈捧。

荆州亭·鲲鹏广场

久矣海平风住。累世不经云路。猛气敛昏昏，降作人间泥塑。　　冬雪夏蝉春树。多少等闲寒暑。且莫忘图南，万一扶摇吹汝。

更漏子·宋卿体育馆

球运单，队分偶。频赌健儿身手。肠内渴，汗边劳。树阴呼卖糕。　　枪鸣义。国初启。都督谁知床底。孤魄近，土公山。小坟松下寒。

一叶落·教四

师口住。电铃语。楼妈冷坐阅来去。窥窗复映门，一墙爬山虎。爬山虎。绿上春檐古。

桃源忆故人·李四光勘址雕像

春林小被春风籨。春浪平浮春舸。驴影鞭丝摇过。一望樱城妥。　　青葱世界闲功课。难得昼眠佳所。此外水污霾锁。国在山河破。

西溪子·鉴湖

岸仄栏低池小。月向下方颠倒。止山风，灯不碎。莲初
寐。可以鉴形于水。郁结碧虚中。是愁容。

太常引·万林三楼咖啡馆天台

画心拿铁压霜盘。风过细生涟。栏隙透珈山。杯中堕、
青峦不干。　底楼名绘，二楼奇展，托此一台天。扶镜
看林园。隔几缕、咖啡上烟。

河传·情人坡

拂旦。花绽。名标彼岸。爪红肢软。情人一瓣摘于坡。
摩挲。笑添腮上涡。　秋幕同看光影转。梅操散。和梦
归来晚。舍楼封。往何从。愁侬。桂香天外风。

清平乐·樱顶

众香之国。哀默樱之德。小匾旧文千字坼。稳贴单元之额。
栏穿斋舍谁凭。书藏老馆深扃。残月淡蓝如匕，被风吹
下觚棱。

谒金门·樱园老斋舍

停小浴。鞋靸一双纤足。竿晒褰衣春体熟。花风吹漉漉。

灯死纱围夜玉。女博士其新宿。寂寂晶窗樱影促。五厘
凋秒速。

昭君怨·樱花大道

斋舍道容高俯。看断江城春妩。花树正含烟。软风前。

向晚芳尘初定。散尽衣香人影。影挂脚边长。路灯黄。

杏花天·理学楼

某年民国书楼起。镌东壁、隶文犹记。旋梯扶上雕花碎。
圆顶凉通月气。　依稀见、前朝女史。裙飘黑、揉蓝衫
子。矮笺字写秋行细。翻板数排红椅。

解佩令·奥场

白楣疏网。球翻门敞。阵排圆、鲜衣明仗。坪草青青,
珠汗落、旋浇旋长。赛之阑、山喧犹荡。　珞珈如睡,
狮丘默对,瞰当时、检军毛蒋。黯黯烟空,今何世、血
旗高漾。照场隅、笛箫三两。

鬲溪梅令·人文馆

南文北史耸高姿。对窗扉。夜夜谁拿幽韵、馆前吹。短横衔一枝。　顶楼钟面两针欹。剪云衣。剪到方冠垂穗、拨之时。再来人不知。

祝英台近·湖滨 CBD

上灯初，收铺早。门掩食堂悄。除饿牵馋，小市眼中闹。汤锅混煮辛麻，饼煎莜面，转鸭架、炭炉新烤。　爨烟袅。口味老板应知，依例玉丝炒。碎肉零葱，一碗夜深好。饱眠那管明朝，大腰皤腹，又添得、柔脂多少。

菩萨蛮·凌波门外

栈桥空向湖心凸。只无人钓湖心月。月上细堤长。单车并小黄。　凌波应有步。波在人何处。飘忽自如神。系名于此门。

踏莎行·街道口武大老牌楼

界判新区，墙移故址。斜阳深巷萧萧寄。上庠曾为护风云，而今刍狗参差是。　曲篆方牌，农医文理。枯形犹受前朝字。石顽不下泪如铅，行商叫过街声起。

毕业清宿舍离汉返乡

一

大难抱动仍原地，轻可捎归随主人。等是前缘俱得所，
留卿无喜弃休嗔。

二

入箱出屉转长途，柜锁轻霉壁有蛛。惭愧客房稀扫洒，
二年蔽得此凡躯。

三

失用家私成长物，得年硕士老书窗。渐趋而立何由立，
行李征车过大江。

毕业戏赠隔壁租友小唐

一

壁隔两间朝一湖，缘修十世得同租。堆肥抚汝婴儿脸，
欲别愁心淡作无。

二

虽不容光类子都，看来富贵有丰腴。镜中善保冰肌滑，
别后休教手感殊。

三

朝共蜗居夜隔墙，经年濡沫惯帮忙。君儿异日生聪慧，
应认眉腮忆老王。

毕业湖滨租房退宿

一

知交凭赁约，侣伴岂终身。门客一时替，窗涛万古邻。

留囊只微禄，转手定何人。不老须重到，樱风及好春。

二

室陋君诚尔，德馨吾未能。将萦世如网，不住日难绳。

苦读考前有，狂歌醉后曾。流连三宿泪，临案一飘灯。

三

迹岂吾心定，金常汝主催。野云不带走，家电肯追陪。

铜钥退三把，布衣仍一枚。能忘岁时乐，永忆浅深杯。

离汉前又饮广八路

小店喧喧熟路回，玉山肯惜夜深颓。营生此去绝照顾，
更取余钱追一杯。

诗社换届聚餐微信视频见晤感赋

届移新故代相催，燕聚遥知有未回。千里能传屏外笑，
一时难共手中杯。

隔浦莲近拍·新晴与诸子骑小黄车环武昌东湖

乱云晴擘一罅。上逗秋光洒。整顿追风侣，软红扑、轻
黄跨。涩链磨毂架。声哑咤。铃路围苍野。　竞迎迓。
轮前诸相，无情轮后捐舍。途长踏久，歇听鱼龙闲话。
斜倚单车学驻马。如画。夕阳千顷溶赭。

回武汉

一

故我岂今吾，竭来主客易。主宿花间舍，客投孤馆寄。
前台方交割，呻吟有隆替。开灯满眼雪，小卡铺大地。

二

路由仍识我，免密网自连。老友堆旧笑，硬盘荐新篇。
家珍数东洋，日课不唐捐。但怜夜深苦，肤貌减红圆。

三

春英饶亲故，一看一回少。暂与校犹在，终逐时俱杳。
我社或已非，我社亦长保。船补忒休斯，谁能别新老。

庚子冬招黄齐熊三子重游武大，
与诗社后辈饮酒戏题二首

一

昔年社论酤，生面才三五。今年社酿熟，生面不可数。
可数者谁欤，旧交天一方。招邀散为聚，赴饮闲似忙。
闲聚对小辈，少我逾十霜。青春刷老眼，肉气播鲜香。

二

廿九王夫子，十八新少年。中间十一岁，抛掷在谁边。
廿九看十八，满目回忆杀。如睹当时我，芝兰特秀发。
十八看廿九，青涩敬杯酒。旧诗一二句，犹布新人口。

与黄熊二子单车环骑东湖绿道

钢轮之蹄柄为辔，是我蹑景追风骑。一跨凛凛颠雄姿，
黄公熊公同踔厉。三峰如磨三骑奔，关张翼从景帝孙。
卧龙何处烟波外，长桥牵堤淡有痕。铃舌孰与鸟喉滑，
地少半为天所吞。日在湿云挂不住，斜时辔回风光村。
光熄风定空村晚，不见村人见村犬。败楼岌岌随尾摇，
叹息幽幽舌上喘。

重到哲学院，院败人稀，草木滋蕃

诸生橐橐往来日，靴磨足踏草不出。诸生一去砖皮轻，
裂地千株万株青。牵云拂瓦荒寒外，风过回廊动竽籁。
中庭遗象须眉绿，素王此日得华盖。

湖滨 CBD 拆迁，为短歌以悼

门卷铁帘张清宵，灶烟厨响犯夜潮。穿鼻牵口味相邀，
熏眼银釜煮波涛。不餐谁慰晚课劳，坐看鼓腹换纤腰。
鸡豚鱼羊捐脂膏，更架全鸭涂蜜醪。鸭熟云天竟飞去，
齿牙不咬门面住。空余口舌吸风露，湖滨旧主悲四顾。
焉知他年湖滨路，湖不为丘走狐兔。

2.

少年游

旦刷幽燕，昼秣荆越。

——颜延之

观窟二首

一

三危老佛影幢幢，有苗曾遁舜之邦。三危西面九层殿，
人道乐僔始营缮。沙拍灵洞竟崩奔，密不示人掩扉扇。
主人好客破恒例，特地镭钥悬双腕。指点虚无塞楼头，
殷勤遍开金粟院。千佛出，禅窟外，圆光烜赫拥华盖。
莲台凌风降紫虚，缁流八面朝浮屠。璎珞流丹垂秀项，
莹滑天衣锦不如。法苑煌煌设鹿野，初发雷音震屋瓦，
兜率花雨纷纷下。弟子谁家事忏摩，清钟在耳涕滂沱，
自悔平生绮语多。

二

沙崖之洞唐人开，凤乐滚滚钧天来。崑仑取竹剖霜胎，
冲寒调孔腾浮灰。仙伎掺挝满堂哀，菩萨嗟哦动桃腮，
哽雪迦陵舞徘徊。力士桓桓怒踏鬼，修罗堕泪空追悔。
扛鼎乌获毛发伸，牵挽欲从壁中起。羽人摇曳临星河，
褰衣斜卷露方趾。背把琵琶破碧云，敦煌梵气清如水。
法轮忽转响飕飗，十界声尘一例收。摩尼珠大宝光流。
青砖寂寂堆残照，诸神不动聆渊奥。手绽金莲坐龙龛，
叠跏秋佛生古笑。

夜行莫高窟侧

莫高古山日脚坠，三危不语森相对。穷塞天干百物脆，
唇绽血溅皴皮碎。自归沙路踏伶仃，窸窣跫音鬼物听，
睢盱伺人藏幽扃。匝岸胡杨千尺立，玉兔抟光飞不入。
门外宕泉咽无声，空窟夜滴沙一粒。

月夜出莫高窟区东南行沙碛中见古舍利塔群

泉台灯长爇，地镜流无穷。群塔沙边直，下有旧逋翁。
化城几时到，妙门料已通。尸解作列宿，一一悬秋空。
精灵有时来，咳笑三危中。冷魂长不返，龙碛青濛濛。
朽庐垂巨影，幡鼓夜半风。软丘踏寂历，沙平月一弓。

荷叶杯·过津门西开教堂值市民婚礼

一

圣母壁间微笑。轻祷。拱门开。服裁燕尾曳深黑。纱白。
挽而来。

二

到老长携伊手。能否。颔郎颐。圣班法曲一时唱。天上。
主恩垂。

三

约指一圈光烂。交钻。誓无磨。主慈吾爱两何似。长此。
海河波。

好事近·乙未孟秋乘邮轮自天津往韩国游赏书舟中事

一

万岳抱西南,生小未亲舟楫。暗月楼船初上,讶无边森黑。大音粗解辨轩辕,乐动殷胶葛。自倚夜深舱板,听蛟鼍鼻息。

二

巨舫压狂澜,稳泛迷津烟渡。陆上构营无二,只下临非土。娇狞番语夜围灯,针合铜钟午。幕启昆奴蓝调,酿一吧歌舞。

三

碧雾袅吧橱,凉气渴魂先夺。亟荐蔗浆椰饮,扫炎氛疏豁。女郎隔座叱娇呼,盏酒浮圆沫。用罢还拈匙子,把残冰轻拨。

四

大日坠徐徐,总被鲸波吞尽。乍淬尾闾烟水,灼满泓蛟蜃。本心非是要西倾,积气挂难稳。妙术纵经海底,保金乌不润。

五

刘岛过胶辽,几片精禽飞举。前度玄黄龙战,有层涛能语。敢将炎运问中兴,衰白或能睹。凉吹还来襟上,揭鬓丝千缕。

卜算子·过首尔汉江大桥

东访汉之城，西学汉之口。两汉东西水不交，何事名同有。　城既暂时观，口复居难久。亦看江容似醍醐，能变春醪否。

河传·丙申清明偕母随舅氏往黟县渔亭镇英山村祭扫外曾祖坟

一

山竹。新绿。掩溪村。挈子曳孙。款门。一屉蒿馍与众分。温淳。甘香飘石根。　薄奠清明随舅表。拨宿草。露个孤坟小。雨霏霏。晓风吹。纸灰。湿阶黏不飞。

二

坟浅。阶藓。跪难容。百岁匆匆。家公。当时此地戏篁丛。尚童。三零年代中。　寇塞乾坤谋避地。黟县僻。暂作桃源计。斫溪柴。拔竹胎。悠哉。那愁鬼子来。

解佩令·西递

飨祠玉馔。列牌烟岸。菜花稀、可怜春晚。学画儿郎，画一派、粉墙长短。怕惊他、经营惨淡。　绩溪入北，婺源归赣。改嘉名、舆图断烂。痴绝千秋，梦不到、残州古县。且聊将、孤村挂眼。

河渎神 · 塔尔寺

一

寺外藏家祠。经轮买得一支。灵飙长向手中吹。转动苍茫秘机。 老妇拾荒身曝野。老松旗挂风马。钟石日晡将打。神兮髳髳来下。

二

未及见双林。先瞻庙宇森森。经幡一拂古来今。是我崩奔妄心。 塔嵌秘碑高数尺。藏文瞠目难识。不识正吾所得。言筌那抵缄默。

三

堆绣缀香绳。昏堂炧泪飘灯。上方宗喀肃如冰。万世长甘服膺。 门外菩提空一树。法嗣终须愁虑。活佛犹迷海雾。金瓶寂寂无主。

四

经辩阵云开。游人足底轻雷。黄冠舞动绛衣回。初地寥天去来。 战到精微酣踏地。怪叫交争睚眦。纵舍马肝不议。清斋宁复知味。（观众僧辩经）

五

衣钵渡岩嶤。一参法象清高。长头十万太劳劳。宿业何年得销。 黄发柱廊躬叩遍。周体胼胝忍见。闻说门源花县。归欤吾取芳甸。（廊下见老少数十朝圣者五体投地叩拜不休）

青海湖

洒面长风跨海吹，驱羊大马牧人骑。一鞭何日入吾手，万类群生在指麾。

清平乐·青海湖

一

巫言旦旦。拜塔神湖岸。马骨牛头新设奠。傩祭犹尊萨满。斜阳牧院萧骚。碉门斜出幡旄。不敢踏云相访，中庭横卧金猋。

二

高原迟暮。星斗流无数。羊马下来群动住。只有天风来去。疏凉不待新秋。夜眠亟拥轻裘。平旦霜帘乍卷，菜花黄到碉楼。

三

山围神佑。灵境无何有。平地如风看马走。想见穆王巡狩。西池酒赐云屏。娇龙语不分明。宴罢众仙归去，当头化作奔星。

师师令·游九寨患人满因作

雪峰森峭。割百湖清小。当年神女怅杉林，珠泪落、瀑巅烟杪。太古无人声自悄。只松鸡啼晓。　今来万姓穷幽讨。带软红同到。出尘秀质本天生，竟何日、也滋纷扰。畜养官家捐窈窕。更售之以票。

清平乐·藏区即事

经筒八面。取次风吹转。马上严装春不换。右臂茸裘半袒。一刀骨就青稞。半庭舞踏边歌。欲识高原地力，黝颜看取红涡。

西江月·过祁连山牧场

两亿年前岭隘，三千米上荒村。彩旗黄庙自迎神。万一精灵来趁。　老牧长谙水草，居人亦识风云。牛羊各散不为群。只共高天相近。

杏花天·旅次德令哈值海子诗歌节

残阳戈壁当年市。飘多少、诗人雪涕。深悲元不关人类。忆定迢迢阿姊。　风露冷、我来何事。夜幕落、一城灯起。重泉哀乐谁相倚。惆怅荒原万里。

自蓉往九寨道中观藏人牧马

拂道藏幡明雪国，逼云羌堡出幽仄。自辞地市入番州，
天垂苍苍多正色。马饮玄冬海子宽，健蹄长鬃蹴高寒。
康儿放来绝岭下，四匹五匹霜风翻。生刍峰顶芊芊长，
拔蹬抽鞍始排宕。半日不曾哨其归，此时恐在青天上。

扁都口歌三首

一

山无缺，驿路绝。山有口，车马走。马足下酒泉，车轮
出祁连。高原亘于后，平川敞于前。

二

张博望，征修途。过此口，功乃殊。霍嫖姚，西击胡。
通此隘，始长驱。如何隋炀帝，巡边妃子殂。冻馁魂不
返，哀哀葬山隅。薄葬临国道，惨淡供行吊。日落娘娘
坟，沙飞芨芨草。

三

峡束征车颠仄径，牛羊两壁窜无定。已着幽思傍古人，
复忆封疆王司令。万夫野战听髯公，此地来经指顾中。
河西流寇那足荡，血光飞上于思红。风火军行用快鹘，
准部回疆克日服。威名夜止啼小儿，利刃秋斩叛头目。
功留一箭射天山，官为三纪震殊俗。青丝白马固容诛，
柔远宣恩终不足。庙算神谟朝夕改，宠渥于今恃优待。
平时非无喂肉恩，饱后乃有飞扬态。欺客多端诈贩糕，

司存更敢按刑曹。分加五十殊已甚，厚薄偏施未见高。
从古吾闻夏变夷，岂有折节求羁縻，明命天心何太卑。
安得不卑亦不亢，稳措诸藩指掌上。

兰州吃牛肉面

一

指上百根牵素丝，勺油一泼赤淋漓。烟飘海碗胡儿送，
作蚁趋膻更不辞。

二

步兵橱酿美无比，太乐史丞良可求。积石巍巍堂构在，
不成逐味读兰州。

偕早川子敬谒龟山鲁肃墓

小坟壁隔双子敬，名字略同只殊姓。谢公墩既属荆公，
杜郎前世恐江令。鲁肃节壮狂儿如，早川诗艳好女胜。
功树言立古今分，霸才幽情内外应。内之子敬卧不起，
外之子敬拜不定。今者西来诸夏游，古者东保三吴静。
今终作古大江流，古不返今青山剩。与子共下江上山，
长桥日落龟蛇暝。

减字木兰花·雨上武当山

凉宫湿观。雨在团团香客伞。广带长裾。风在飘飘道士须。　车来票进。小隐翻然成大隐。不禁纷嚣。声利何殊住市朝。

法驾导引·自金顶经太和宫转运殿下山间记所历

一

登天柱，升天柱，松柏翠交加。脚底千寻无世界，眼中百里小秦巴。氛霭吸清华。

二

铜浇殿，金鎏殿，杭育万夫扛。自永乐朝开诏敕，有长明焰射幡幢。护法鹤双双。

三

攀金顶，参金顶，结队有长龙。正面不堪留一影，入框手足贴丛丛。挤下太和宫。

四

扶砖壁，依铜壁，尺寸进徐徐。人恰可通幽不碍，运称能转验终虚。庙令笑睢盱。

五

明神道，清神道，龙脊望相连。上岭背驼包觉重，下坡磴陡膝难全。正入万山圈。

天仙子·南岩二首

一

一炷天香千万岫。孤烟细袅诸峰皱。听鸦远客拜悬廊，
雕龙首。至今有。真武升仙骑不走。

二

穆穆古碑仁者蠢。款落谁欶清总督。危炉绝石徙之先，
上香仆。看香哭。深壑年年啖人肉。

夜游宫·夜宿武当乌鸦岭

层叠玄天帝所。都不见、黑绡中裹。旅馆窗推山梦破。
饰无灯，缀无星，夜方裸。　枝熟千千果。古祠近、榔
梅听堕。或有神鸦巢碧火。正无端，于某峰，饥哭我。

南乡子·紫霄宫崖见猴

一

闹逐狙公。举族何年到此中。朱印金衣曾见汝。峨眉路。
洗象池边千尺树。

二

毛骨郎当。剑学袁公想已忘。不择朝昏三四颗。神道左。
拾橡栗餐应杀饿。

藤挂烟啼。虚壁全生定用奇。大圣偷丹云脚远。兜率殿。今恐无炉供炼眼。

小重山·襄阳古城登览

墨斗谁操用一弹。纵横街市直，割棋盘。昭明台峻压天元。民如蚁，琐琐动其间。　卷舌听谈闲。鄂音于此异，近中原。夫人遗迹问城垣。沙头父，指道夕阳边。

好事近·登襄阳城东南仲宣楼

不见接昭丘，不俯沮漳烟水。颜以仲宣之赋，料讹传如此。破曹火岂照黄州，无碍一尊醑。我亦何妨随遇，吊本家瑰伟。

好事近·过檀溪路

烂熟说三分，此地二龙飞跃。几度海生桑死，讶琉璃都涸。小区傍路有铜雕，纪念差堪托。碎洒四蹄霜骨，踏西风如昨。

蓄女怨·丁酉冬午夜随彭李二博士 游岳麓山穿石坡湖

一

旧家湘塾枫径细。二女能记。众灯盲，孤月替。天光鎏地。谁何不诘岗亭前。保安眠。

二

暗风一段吹月午。叶脱湘浦。后儒碑，先烈墓。冥冥某处。游人散尽夜山空。二三跫。

三

赫曦台闭云麓杳。山半刚好。槲围周，莲盖表。一泓霜沼。沼中提起月淋淋。滴波心。

四

碎钉残镜天上白。此外俱黑。浸云衣，穿石脉。芦潭萧瑟。血声能听耳中流。万灵幽。

五

寂寥山腹森翠锁。山脚烟火。晓妆鲜，归别个。夜容归我。公元年日此宵良。幸无忘。

明月逐人来·乘车自川入黔经 娄山关观二省山势

巴绵而翠。黔孤而峙。关南北、山形殊势。百年喇叭，吹断霜蹄碎。只浸血阳无异。　省域才分，刷眼万峰俱似。冥搜乏、惟耽复制。造物当初，假寐缄才思。打落病驼一地。

南乡子·西江千户苗寨

一

栈褛翻翻。窗竿晒白小凝斑。群屋为肤裹山骨。天风拂。
吊脚竭精撑兀兀。

二

鬣顿鞭挥。运输差袭太初规。茶裹盐封驮细马。山高下。
乱洇路尘朱汗洒。

三

曦沐层颠。半村酣梦半村烟。绘作等高盘碧线。梯田绚。
恍向地形图上见。

四

寨与云齐。毕来万象示无遗。虽曝众生供下眺。天听杳。
耳语人间不堪晓。

五

轮廓勾明。舻棱灯线灼深青。萤困思飞夜帷锁。零光堕。
怒化山窗千格火。

六

圻靥绯花。杯倾牛角劝流霞。碍日银冠鲜压脑。凝脂皎。
生怕蜻蛉折纤小。

七

长桌排衙。馔如鳞甲案如蛇。黄米醪斟黑陶盏。休辞满。
饮罢北归春晼晚。

风流子·访鲁迅故里

一

云雀纵横九畹。皂荚亭亭青伞。童稚趣，未私藏，曝与
往来人眼。蝉哢。长短。只待迅哥儿返。

二

磬折悬堂松鹿。心忆匼园千木。墙屋外，枣为双，应建
半天苍蠹。惊倏。喧读。似到白圭三复。

三

髭已萧萧掩齿。刻面生之纹理。河上戏，海边猹，辗转
飞来笔底。归第。无计。一缕喷灯烟细。

少年游慢·游绍兴东湖，湖系古采石场，斤斧所削，怪崖巉岩，临水竦峙

石工真有力。偷负苍山半匹。脆响秦斤，危悬汉索，千
崖直。合晋尚书隐，如李将军笔。导罅穿梁，乌篷一棹
轻疾。　墨字镌虚壁。欲问难通臾舌。尾坐孤师，橹摇
双脚，森然默。上不猿藤袅，下不龙渊测。怪吼湖风，
巍巍是余之栗。

喝火令·戒珠寺外买黄酒棒冰

讲寺通蝉巷，尘喧对宝严。店娘倚柜坐疏帘。递得一封香冷，入手夏无炎。　糯少人难醉，唇滋乳荐甜。轻烟软露不胜衔。过了河桥，看了戢山尖。化了雪霜肌也，骨剩掌中签。

兰亭鹅池

鹅池碑亭侧，池鹅看三五。红掌博黄庭，清波浮白羽。鹅非当日鹅，客非笼鹅主。故主与今客，共爱鹅姿妩。

登府山越王台

越台高哉劳攀跻，王气所钟卧蛟螭。王入壁画演雄姿，台向市民存古基。其旁方正立有碑，定庵醉洒墨淋漓。古越龙山四字题，此名今于酒中驰。此名飞走山名移，府山苍苍镇在兹。范蠡扁舟知何之，文种留墓长相随。墓木十围绿冉冉，苦叶尽涂当时胆。

醉翁操·八月过青岛值啤酒节

崂山。从天。香泉。泻瓶间。波翻。吹腥岛城浮沦涟。

万灵同醉歌前。帆势偏。洋界旧租残。抹锈红、醺然屋颠。　德皇古酿，中秘谁传。酒花麦浪，春壁新浓正喧。明日醒而衣冠。来日吾其大难。今逢须喜欢。今狂思飞仙。九点俯烟寰。一杯金海倾不干。

戊戌孟秋正定县纪行六首

正定古城长乐门下参与录制《好诗词》大学季决赛

台鲜粉墨旧登跻，片刻虚名播九陲。过气秋颜古城下，犹蒙三二粉丝知。

同四维席上看决赛武大战队折戟

所争必也在斯文，君子翩翩彩队分。改尽英灵锺别氏，阵前愁杀老机云。

观县容

时代维新庆岁丰，孜然有味大衢通。肉熏县树清真绿，榜映夕阳书记红。

与众饮酒

令递飞花龙接珠，词穷于口一杯须。平生秀句悔多记，不败真愁酒肺枯。

隆兴寺摩尼殿

悬山彩佛挂峻嶒，烬冷空香暗不灯。老柱风门绝言说，指纹犹印宋时僧。

荣国府

惑眸金碧炫梁衣，斗拱虚攒密更微。构到明清英气短，风檐不似盛唐飞。

与春英社友冬游合肥八绝句

一

齐熊二子苦作诗，别来微中饭颗讥。两片癯仙骨相戛，
同游端不称合肥。

二

合肥合瘦听诸天，身后功罪空中烟。李相冥寞李府在，
神伤国步三百年。

三

百年吴魏争要津，辽也冲垒捷有神。捂尽江南儿童口，
夜静多少传名人。

四

名城名人丘墓多，馒头不餐土嵯峨。文远霜铠埋虮虱，
文正霜骨明包河。

五

包公祠踞河之洲，三铡烂烂神鬼愁。敢命青天冠姓氏，
更弯白月挂额头。

六

月挂淮天泼眼明，光如夜酒涓涓倾。花生蚕豆侑谈谑，
纸杯干杯碰无声。

七

流年无声逝长澜，当日樱雪飘嫩寒。今对滩芦白相似，
巢湖更作东湖看。

八

东湖茫茫鸥鹭飞，社藏春英山半围。英落缤纷春忽去，
好风好月渐觉稀。

三个洛阳

一城豹隐豫西北，车烟厂雾天为黑。一城九朝营作都，
神步罗袜龟驮书。物理细推斯可异，异城偏得卜同地。
偶然俱以洛为名，名一循之实则二。瀛岛京都旧亦谙，
障子移窗山有岚。并号洛阳学唐土，二隅举此返为三。
东洛迢迢难遽往，古洛永绝劳思想。不思不往洛在今，
丽景门高灯色深。

洛阳吃烩面

河洛腥膻古所惜，牛羊未睹鼻先识。下店冲烟白帽迎，
面烩青红饱远客。汉肴膻食无高卑，车书况是一家时。
井盖若云斯地短，我当归觅熊猫骑。

被白居易无视的龙门石窟

一条伊水青，色割两山界。白傅眠东山，卧入香壤内。
义捐一寺资，寿同九老会。随分播清音，微末亦沾溉。
独于西山窟，只字不相贷。未挂诗人眼，万佛空光怪。
垠崖划崩豁，施手过雄迈。何如方寸间，拳石激幽汰。
短篱自足栖，奚求南溟外。羽翼非相宜，何用识宏大。

谒杜甫墓不遂二首，墓在偃师城关三中内

一

白少傅，爱香山。墓田早卜山中间。得地清凉谒者众，香风细引香火燃。杜二甫，坟墓在何许。不在山之幽，不在河之浒，乃在偃师西关穷巷侧县学萧萧之院宇。巷狭劣容车，方音噪翁妪。首阳蹲其北，遥对薇蕨苦。生不及乐天诗入鸡林贵，园构壶天万事备。死不及香山位置占高洁，梵唱松涛到泉穴。湘江迁来市尘深，学童聒噪耳流血。呜呼，圣兮圣兮，不工死，不工生。独工生耽佳句要人惊，死揽千秋万岁名。我来门闭夕曛下，安得摩碑长跪诵北征。

二

访公宅兆奈门闭，巩县生公吾未至。生地迢遥死地荒，死地可忽生可忘。草堂不忘在吾乡，浣花溪碧漱其旁。孔明庙柏近作行，雪岭排闼输远凉。幼诵翠柳二鹂黄，长抚全集泪浪浪。一瓣早敬焚心香，愿少分辉烛吾肠。幽居麋闷贱能康，诗癖得与老相将，俾吾趋营无太忙。

访汉魏洛阳城永宁寺塔遗址

才高天妒寿见摧，塔高天忌屯奔雷。一朝下殛飞大火，驼街马寺同玄灰。片云丝雨不相救，往时栏楯空摩偎。九级百丈烧三月，檐椽枋柱作燃媒。亦与燃媒有故纸，火分一脉延诸史。读史徵今对残基，余焰依稀舐眸子。

己亥冬月至洛阳霾甚重因抱
小恙不得随诸君驱车往新安
汉函谷遗址并崤函古道感赋

牡丹照水香雾起，洛人看花春雾里。冬来不见一花开，
只有尘雾遮凄霾。病霾乃卧风中馆，满鼻淋漓双箸软。
吹纸拥被心送君，难共君游候君返。武皇东关拓新安，
杜耳愁闻点兵喧。蹑汉追唐事堪羡，多吸苍霾亦可怜。

宛平城

旧县名取宛以平，如水如掌状畿形。京西工矿烟尘黑，
门头石景丰台兴。诸区作蚕县作食，县灭城犹戴此名。
名岂苟存要警策，纪念立馆闻膻腥。曩曰八载今十四，
顺天改由奉天记。是非颇矫儿童口，馆员谆谆输教诲。
队移嫩步出小学，威灵见讲肃鸦雀。白日无光赤日光，
领巾红飐旗一角。

卢沟桥二首

一

金大定年石血迸，永定受跨铺软镜。大定永定号自嘉，
犯顺寇心狂不定。事变仓皇名冠汝，课本生小有看取。
狮五百匹睡长栏，无声不动听骄虏。虏走国苏拜王师，
游勇赞功亦何疑。楚弓得失休深诘，平桥安流今在兹。

二

上弦才出已西偏，满月臃肿生痴圆。下弦以降始窈窕，
冷钩窄玉媚清晓。城楼重檐檐坐兽，排角吹月气幽眇。
此时月净石板白，天上弯弯波上直。帝染大笔书在碑，
八景收摄有定格。脚底出日觉温微，眼高仍送老蟾归。
霜中残阴共少阳，不谋忽遇争光辉。

庚子中秋后一日随京社同仁往延庆大营村烽火台临妫水饮酒玩月二首

一

台无残烽天有火，天火在日光乱簸。不虞一蹶日车翻，
山牙海口误生吞。地胃烧灼化不得，吐向东天云惊奔。
状仍浑圆色转白，褪焰洗表余冰核。此是却才西入物，
光景常新君应识。光摇长空景万里，甫得离山便照水。
水随圣王并姓妫，酒能中圣清且漪。联翩二圣分孤影，
一在丘壑一在厄。

二

青山稳重似先达，明月脱略如新贵。月上势决不可回，
青山终放一头地。初出已觉汗毛立，冷光和酒同一吸。
饮酒本欲暖枯肠，就月同服寒更急。延庆地僻秋如冬，
衣单被乞秋扇公。拥被归屋开社宴，秋肃能为春融融。
子吟我诗月流壁，我歌子曲月浮席。强扶盛醉出门时，
恰于中天照万国。

3.

登瀛

草完明治维新史，吟到中华以外天。
　　　——黄遵宪

伊邪曲[1]

请说伊邪当日事，二神矛末珠滴坠。坠入沧海山岛峙，岛成云中瞰街市。一之屋造佳酿，二之家贩鲷鱼。三之店住花匠，千门万户得安居。神见神喜各飞翻，神生天照长儿孙，千岁复来出帝阍。门户无改，百氏无恙，一之屋造佳酿。二之家贩鲷鱼，三之店住花匠。千岁虽阔如一晌。君不见西国群动日无息，衣冠第宅异朝夕，辽鹤欲归安可识。

来日印象

一

电车驰不住，轨入令和年。吸面风生口，祝神幡在天。躬看一町鞠，笑挤满唇悬。别有人前窘，翻囊算小钱[2]。

二

承平得今日，战死祷曾经。九拜传周礼，一绳摇古铃。拍魂人手脆，逼海鸟居腥。布地淫祠满，嘘呵见万灵。

---

1 《日本纪》《古事记》曰：天神赐矛于二神（伊邪那岐、伊邪那美），二神过天浮桥，乃以矛探海，露沫凝为岛，二神降而居之。宫中绕柱而婚，女神产八岛，今本州、九州、四国等皆是也。女神生火神，为之烧死，男神哀甚，赴黄泉国而见女神，其体已腐，女神耻而欲捉之，男神逃焉。男神以巨石塞黄泉国门，浴清泉而去秽气，生天照、月读、须佐乃袁三神。天照神居天上而治之，后敕其孙琼琼杵尊曰：大八洲之国，往而治之。乃降下土，琼琼杵尊曾孙乃神武天皇也。
2 日本无电子支付，购物结算，每苦授受找补。

竹枝·法善寺横丁佛像为苔所掩

古僧或见、眉目慈。苔衣一覆、今不知。

大阪城天守阁

惹草悬空，鸥吻饮风。如矢斯棘，歇山破风。如鸟斯革，
轩唐破风。如翚斯飞，千鸟破风。庞然巨构我国无，状
之不惜用韵重。战国古乐弃弗为，凝固于此骸隆隆。瓦
是音符走板眼，石窗划段节律同。小楼低橹效角徵，堑
壕作商垣作宫。羽奏惊心忽奋迅，阁涌天守拔天中。

逛大阪心斋桥道顿堀街市

不强划一为安排，不滥标语施于街。正红不苟匹肥绿，
黑体不遣攀招牌。此间手书腾墨气，寸地厘天入设计。
拍匾浪掀神奈川，富岳白头谢浮世。文乐脸谱门楣鲜，
扁龟细鹤熬穷年。角力有士观壁上，灯笼下照老庖烟。
烟送家徽日月长，五世未斩先人光。庖刀茹血黄木柄，
操而奏之神扬扬。掌柜今恐十代目，火熏汗握生包浆。
虽存继嗣小可虑，盛衰数定亦何伤。霓乎虹乎来如海，
店裹暖夜立茫茫。

京都电线上的乌鸦

灯能转绿车涓涓，鸦不能白声喧喧。白线流车粗画地，
黑线流电细割天。天任其割天不死，倔强撑空蓝未已。
黑羽侧翅噪幽蓝，身在眼中魂在耳。三千世界杀难尽，
尚余数点粘于此。

京都驿外罗生门模型

平安古京城南门，门昔虽毁今型存。芥川捉笔开妙手，
黑泽执导踵其跟。义变语讹花在雾，侧峰横岭恍难论。
有如驿客双肩擦，面不及辨况心魂。何必旧景作微缩，
世上此门亦已繁。安得瓦飞柱折台基朽，万事昭昭见本根。

竹枝·京都店里的微笑

一
嘴扬十秒、弧一寸。面面同悬、恰其分。
二
爽无分毫、参数整。十秒以外、真颜冷。

上行杯·鸭川之蝇

复眼周天觑遍。焦聚在、临川宵宴。欲下盘飧时未便。
杯飞箸剪。向阑灯，将尽局。烦促。肠辘辘。搓二前足。

先斗町临鸭川赏怀石料理

一

听经薄衲僧，枯抱热石坐。热驱夜来寒，石缓晨中饿。
古源今流但有名，日夕丰宴换朝课。调以咸酸苇以橙，
餐非热石客非僧。竹席蒲团跪霜月，川中一轮影澄澄。

二

料理精深序可知，后先不夺天机随。始作翕如转纯素，
皦如绎如乃成之。侍女居旁伺而动，盘飧加减得其时。
各逞意味分凉热，俱以妙态与唇期。既可于口兼媚目，
花瓷叶碗效芬馥。厨中案上艺参半，要客题品功方足。

日匠

坎坎伐轮，车牙肇新。并毂与辐，三材具足。鞣之漆之，
间关辖之。始斫红叶舞，功成樱满枝。鸭川效其洁，东
山取其守。七十老斫轮，迄无一丝苟。侵晓秉椎凿，既
夕不释手。运用独知妙应心，常道难为宣乎口。一生如
一日，万事锺一事。闻达非所希，所忧素业坠。恒心养
恒产，发身财自至。世中懿范口中碑，勿云君子有不器。

初造鸣泷町老宅住所见主人墨迹

细字留香案，主游今未回。娟娟笔嘱客，淡淡屋浮埃。
自便庖厨用，已周衾枕裁。岚山饶夜雨，莫浪纸窗开。

京都鸣泷町住所

一

嵯峨野东洛城西，一枝今得小町栖。广四叠半足幽梦，
短松绿与二层齐。岚光鼻吸晓日出，电线平行挂金橘。
山涧隔窗夜鸣桥，早川楼下按箫律。真写主人主如在，
主悬框中客居外。一双秋水泻安详，欲睡裸衣休见怪。

二

拉门障子有风情，左右槽中滑好声。开时气交天地泰，
阖则神鬼悄纵横。壁间字画龙蛇湿，下缠女偶惊且泣。
武士发样髡月代，急难怒拔霜刀立。灯灭压身玄夜重，
座钟滴滴针敲梦。我瞑真觉尔等活，及睁忽又岿不动。

竹枝·鸣泷町住所听早川吹尺八

纸窗吹破、惊肃杀。早川八尺、箫尺八。

甘露歌·鸣泷町住所看雨

邻曲先移衣入户。风云观有素。来带嵯峨野上烟。轻洒令和天。

鸣泷町住所听早川夜话京都掌故

夜来好风，吹折门前一枝松。不效禅伯交机锋，但话沧桑千岁通。山城近江畿辅雄，桓武诏下张新宫。三船才士桂川逢，小仓和歌百首工。金阁真金烧不穷，祇园巡车矛丛丛。高杉晋作醉懵憧，落井有仁宰我同。明治翠华拂向东，京都为都一朝终。八百万神有无中，五山十刹青蒙蒙。君家甲斐土产丰，黑玉菓子酥似溶。载食载饮兴能浓，知览茶尽茶碗空。我困欲眠两眼红，明宵再话遣深衷。

看早川吹尺八

尺八身直尾却屈，吹带秋声主杀伐。故国朽谱绝不征，今人遂谓东国物。亦具禅修近南能，渠是吹箫有发僧。始参虚无双目合，罢视天壤气棱棱。

夜观早川以香熏尺八

尾口圆，日经天。歌口缺，乃象月。地水火风空，五孔义不同。并二斯得七，内外清气通。故黄太史四合香，中爇小宗插案旁。箫身倒把蒙薰灼，吾子护惜意何长。尾口吐烟歌口吸，映光袅袅向灯集。静寂能收万里听，岚山月落山童泣。

金阁寺

一

火。心底明，忆中籤[3]。七十年前长风，摧松，天正红。贤愚同烂，美恶俱空。阁如烹，池如煮。粉成墨，金为土。形或殊，神不动。究竟顶，来新风。敛昔鸣，俯今众。镜湖边，夕阳鲜。

二

郁郁园柳，移栽左肘。大块充余以欲望，表余以丑。饰余以文明，润余以酒。淫虫穿腹，经不离口。木鱼穿耳，槌不离手。仰头看水阁，泪零粪壤厚。阁美坚不灭，人脆悲速朽。惟愿此身此阁共成灰，庶可以与天地而同久。

三

造化何心，生汝恶金。赤黄青白，比汝无色。南威西施，见汝成媸。翩翩年少，对汝衰耄。自我别红尘，叫佛秋

3　昭和二十五年（1950），学僧林承贤放火烧毁金阁寺，后林氏自杀未遂。

复春。日照阁光射三界，层构岸然不我亲。夜姿窈窕澹如画，又冷风神不我嫁。既难为我有，一炬擎吾手，焚汝朦朦古月下。

龙安寺枯山水 [4]

天寒水急长河秋，虎挈三子阻深流。母虽能济幼恐溺，欲渡不得生烦忧。更兼一子彪无敌，背母食兄如有仇。周防其奈孤力短，负子往来乏良谋。谋不定，劳母心。河水成砂身作石，殿外古虎思至今。

北野天满宫外老店品抹茶粟饼

斫斤竹，飞茶筅。碧粉在清波，刷来生虾眼。古碗缀壁梅横斜，不即便饮手须转。主人营业头有巾，笑送粟饼托芳盏。地何处，天满宫。肇何时，江户中。三百年间良匠艺，今嚼吾齿声细细。

4　一说龙安寺枯山水之置石为演"虎引彪渡水"事，事见周密《癸辛杂识》，曰："谚云：虎生三子，必有一彪。彪最犷恶，能食虎子也。余闻猎人云：凡虎将三子渡水，虑先往则子为彪所食，则必先负彪以往彼岸。既而挈一子次至，则复挈彪以还。还则又挈一子往焉，最后始挈彪以去。盖极意关防，惟恐食其子故也。"

西阵织

寒暄一阵，布薄三寸。不语不言，织成克繁。脱机满室
光浪翻。家徽团野菊，纤毫绽金蕊。鹤下蓬瀛秋，丝气
吸清美。美人腰身束寒峭，十二单前君王笑。

岚山之岚

一

洛郊此山好，就名想烟岚。岚光蒙细径，岚翠湿孤庵。
竹筛风下日，僧定鸟边龛。可爱未可信，宿昔臆所参。

二

漏天骤雨哭，飞瓦长飙啸。后来习东语，字训逾始料[5]。
风景杀琴鹤，童年毁狂暴。可信不可爱，念山翻自悼。

三

新作此山客，新说闻折中。叶摩声如雨，波涛在丹枫。
狂樱春脱树，其洒亦濛濛。风暴非果有，近身取譬通。
信爱斯两获，一笑舒心胸。

竹枝·嵯峨野山行遇和服女子

得得屐声、双足素。响于客心、非在路。

5　日语中"岚"字义为"暴风雨"。

竹枝·化野念佛寺

播尸种魂、何所收。石佛千千、出地头。

思帝乡·旧嵯峨御所大泽池

疏林。断蝉听暮心。波底浮云无定，议晴阴。苔掩空宫帝迹，荒荒不可寻。何处一蛙飞入，水之音。

花见小路

舞衣蜡屐在屏帏，娇花想象语嘤咿。空枝缺处青楼闭，熏风未动竹帘垂。帘中花，锁深院。枝上花，落已遍。枝上与帘中，两处皆不见。花文无花质，只有小路副其实。

清水寺问因缘签得大吉后竟不验戏题

回想灯前问卜时，宝香妙乐山风吹。签来字辨吉入手，一片欢云挂两眉。口徒称惠实不与，和佛恐昧汉言语。抑名未列仙籍中，神纵欲福难为功。早知佛唾人神弃，清水台迥参天际，只合将身飞下地[6]。

---

6 日谚有云"自清水舞台飞降"者，谓人意志决绝。江户之世，二百年间，凡二百三十余人投身自尽。

京都哲学小路

密涅瓦神，鸱鸮在树。昼伏不飞，飞必薄暮。文书鞅掌，哲人在庐。笔耕不出，出必斯途。襟溪一径仄，浴衣散轻策。哲思摇落如芳种，开作春樱岁岁白。

银阁寺

银贵不得攀金价，金称至尊银为亚。银阁人比金阁稀，林泉正赖体幽微。淡池枯阁两勍敌，石畔松间斗侘寂。东山更待月涓涓，如水下向白沙滴。

闲中好·吉野堂小鸡点心

篱根养。何事来吾掌。粉喙太弯弯。仁心不忍餐。

闲中好·甘春堂樱花点心

春虽醒。一朵留春影。五瓣刻纤纤。春风在舌尖。

宇治桥边购抹茶团子，店系源赖政家臣所开，经营已近千年 [7]

腹剖金刀身被箭，赖政骨销平等院。院木已拱四十围，
子嗣绵绵天所眷。宇治山茶芽新抽，宇治川水西北流。
汲水煎茶作团子，香拂长桥九百秋。回首故国微茫里，
革故趋新不自已。昨方楼起宴嘉宾，产破楼塌今奔徙。

伏见稻荷大社

鸟居一本温温赤，二本三本接其力。接千万本红相连，
回首看山山欲燃。刻柱善名题奉纳，平成某乙昭和甲。
檀那贵多年贵丰，狐衔稻穗趋神宫。

竹枝·神社殿中有悬明镜者

圆光所临、万形裸。镜中看神、神是我。

竹枝·若草山中见鹿

古木阴阴、覆群鹿。鹿头槎牙、生古木。

7　茶店称"通圆茶屋"，乃源赖政家臣古川右内所开。赖政既薨，右内自号通圆，平治二年（1160）
始营茶店，至今二十四代。

思帝乡·春日大社

春日暮，噪神鸦。日暮神鸦飞过，紫藤花。既饱呦呦山鹿，卧晴霞。石树灯笼一万，供谁家。

东大寺鹿

葬罢刘伶车有尘，脱辕东渡大瀛滨。贪凉自办颅生树，颔首还惊汝学人。食既饱身心不餍，衣犹牵客性难驯。点毛梅瓣旧花雨，野苑千秋沾比邻。

唐招提寺

六渡三岛堂构遗，今来同地不同时。斗拱壮撑檐牙阔，规制一似唐人为。枫开细石见金殿，殿老曾见真师面。辗转忽如见真师，师目已盲不我见。

唐招提寺早川购《天平之甍》赠余，小说演鉴真东渡事，归而感作

鸦天叶地想浮屠，心灯太明眼乃枯。千岁之后烟中寺，早川赠我天平书。师分海雾披图至，波涛犹湿行间字。为客常忧忝厚恩，见贻岂免知深意。抱法入和推鉴真，

空海入唐踵后尘。汉和交契积有素，东亚混一论非新。近世龃龉不可问，重洋那隔愤青愤。安得二邦长如吾二人，悠悠永结兄弟亲。

法隆寺中门五柱四开间，其构罕见，或传中柱乃藤原氏为封圣德太子之魂而立

奇数作柱看颇奇，开间为偶事难偶。当年欲锁太子魂，中柱遂立藤原手。太子勘经眼不苟，太子说经莲灿口。身跨甲斐马毛黑，飞超富士若培塿。圣德勇功布人心，朗月分印万川有。万魂杂沓一柱孤，锁不胜锁听魂走。他时更想荆棘中，名未及朽柱先朽。

吃日本泡面

大叔大腹杯泡杞，刮油妙得养生理。宅男在宅汤泡面，懒惰法门行方便。此邦发明万邦足，厥功宁亚灯输电。始刚易折终宽柔，亦如人生阅世变。轻烟盖隙出徐徐，愈饥以食只斯须。稠汁劲条丰菜肉，四美虽难小已俱。卤蛋入觳锦上花，案头抽纸雪纷拿。次元无碍耽萝莉，蠛蝶群飞春正哗。

暮辞京都鸣泷町，早川购邻庵菜品相赠，归而尝之未觉可口

一住一旬意殊快，三宝庵提三品菜。手裹纸封真古法，
垂赠临分沾厚爱。黑昆布与银鱼条，荤素无论杂山椒。
鳋即沙丁土佐煮，开尝未惯觉酸苦。食能知苦别亦酸，
东望东隔海漫漫。异味于身刺口舌，忆君不独在心肝。

将赴东京于京都驿内购驿弁 8

甘香一盒风一国，林林总总旅中食。薄厚于食可以观，
煮烤生烧资饱餐。仙台舌，神户牛。鸟取蟹，虾夷鱿。
灯射玻璃光满柜，口难遍至心悠悠。奈良昨往调群鹿，
南征何以果枵腹。鱼片米团包柿衣，平城宫迹窗上飞。
之东今更视京县，带海襟山新干线。富岳在夜看不得，
缩地迢迢须驿弁。

竹枝·浅草寺"雷门"灯笼

"雷門"乍看、如"奮鬥"。摆落佛系、撸衣袖。

---

8 驿弁，即铁路便当。

东京神乐坂雨中尝蒲烧鳗鱼饭

刳鱼之肝腌在盅，开人之胃客愁空。伊谁汉魏遗古盒，
漆光涂抹能黑红。红黑内盛稻米白，盖以鳗片腾香风。
酱浇火灼有至味，殿诸抹茶收全功。神乐坂头细雨作，
不独神乐吾亦乐。食罢小凭伞上窗，口腹牵我眷此邦。

感恩多·自成田机场回国得早川来送

海云翻夕浪。别翼垂空港。他年樱在枝。是前期。　睑
后瀛烟京月，两心知。两心知。斜抱禅箫，成田相送时。

乘机自成田归国，关东一带
海陆轮廓并岛屿灯火，机中
临窗皆下视历历

一

巨物森黑浮四远，本州一角惊在眼。陆线曲曲海平铺，
当窗下览若舆图。灯火西流地东转，江户最密居天枢。
陆更向洋伸半岛，房总近大伊豆小。房总如抱湾如孩，
伊豆以西雾不开。拨雾安得有鹏翼，一发青山见故国。

二

人言蒙古未割时，唐努乌梁亦相随。中是海棠战秋叶，
日版图作卧蚕姿。蚕饥食叶鸡啄虫，轮廓类鸡今正雄。
鸡虫得失无了日，休持愚见等儿童。东海浅清衣带窄，
泰山富士两拳石。同文安得更同心，共荣非必在宿昔。

4.

我和我的家乡

山桃红花满上头，蜀江春水拍山流。
——刘禹锡

初晴过浣花溪公园

一

茅卷三重有飞度，笺分十色自嘉名。云边远下岷嶓冷，
眼底来浮鹅鸭轻。

二

来滩罢浴见群凫，一队茸茸将小雏。名解自呼元可爱，
虫遭争啄究何辜。

三

无票草堂看不许，带饥池鲤喂由人。银钩一一飞橡下，
老腕悠悠书水滨。

四

难得欲留晴景归，倚光数举手中机。沙鸥贪照白飞水，
残日不知黄着衣。

菩萨蛮·成都立秋

炎蒸无限屯天壤。当锅滚作黄喉烫。麻将砌成围。闷街
唱赵雷。　赤熛宁不老。终见西风扫。一叶堕江楼。大
城今夜秋。

洞仙歌·坐宽巷子茶馆

盖沿推雪，语拂茶幡漾。大邑烧瓷碰交响。倩匠运春风，

头灯银铗，掏不尽、袅袅耳中丝痒。　无边消息里，吻利牙尖，隔壁幺姑万缘掌。又愦也谁家，昨承狮吼，挂杖落、茫然孤怅。人如叶、嚣氛作新汤，泡竹椅铜壶，窄摊宽巷。

酷相思·忆带前女友锦里吃成都小吃

路绕锦亭苍柏外。踵接处、通衢隘。尽主谊、招牌为绍介。陈婆豆，麻休怪。夫妻肺，辣须骇。　汝说油茶称汝爱。扬长睫、流欢睐。垂长睫、行藏隔烟霭。人去也，茶犹卖。茶凉也，人何在。

鹊踏花翻·成都周末

涮肉堆山，熬汤做海，腻风红染低空辣。输他雀馆腾烟，十指搓雷，轮庄预备连宵杀。才燃街火夜之初，已抛假面周之末。　分割。一线公私生活。独于此地饶通脱。不见谢帝神歌，麦流嘻哈，洗脑声声说：向人孙子昨曾装，上班老子明天辍。[9]

9　谢帝，成都著名嘻哈说唱歌手，代表作《老子明天不上班》为众熟知。

百字令·苍蝇馆子

青蝇五月，出东瀛书纪，闹云纷沓。蓉市爱叮腥馆陋，日逐锈门开阖。黑坐厨烟，黄疑肴渍，壁上斑斓杂。踅来闲客，趾拖人字双靸。　　那管肘掣同餐，背沾邻桌，砖盒方圆狭。碗饭盛三须蛋炒，舌绽梅花慵答。兔首鳌牙，龙门摆阵，葵子清音嗑。本城秘韵，外人谁解深押。

琵琶仙·百花潭

此纵沧浪，无人究、濯足濯缨风味。烘噪懒市闲街，园田掷飞地。对层构、琴台径老，一痕直、千年连缀。凤调求凰，马卿归驷，铸像差拟。　　荡绀碧、二水通波，犹自带、岷峨雪霜意。突兀难当晴望，被楼高封死。在只在、百花潭北，熠彩毫、破屋窗底。写道含岭当初，鹭飞鸥喜。

金缕曲·四川全兴甲 A 记忆

一

后子门前草。偃雄风、夜场哗昼，巨灯光饱。大部昂藏演军乐，次第单簧圆号。闪麾帜、黄云竞揽。露宿昨宵殊未枉，票窗寒、熬得霜天晓。一张重，百金小。　　缁衣裁口衔清哨。响摩空、双边走侠，禁区穿豹。九五全川呼保卫，悍缚海牛青岛。巷飞雪、捷登诸报。连沪鲁京豪右在，互盈亏、抗礼存吾傲。攻长克，合十祷。[10]

二

旗暗金锣哑。渐模糊、忆中雄起，云边呼罢。映馆芙蓉红寂寞，曾识魏姚兵马。黑蝴蝶、漂洋来下。赞助阳公替蓝剑，炫征衣、商号追声价。黄一抹，不移者。　九零年代萤窗夏。共悲欣、耶娘抱我，面屏嬉骂。腺素骚然泌于肾，汗捏涔涔盈把。二十载、与尘俱化。万古摩诃池上月，照空茵、远市昏如假。新足史，待天写。[11]

摸鱼儿·过南门大桥，人道是三国诸葛送费祎处

蘸清波、砼龙上下，南城灯火无际。霓虹粉碎车声哑，回转时光之矢。江倒逝。看此地、郊坰旧出元戎队。东吴万里。正舟子扬帆，侍中聆嘱，袖底锦囊递。　人间世。稿易舆图凡几。街区今唤桨洗。康儿藏女耽游乐，不耐高原寒悴。索小赐。傍酒肆、扎年琴拨西风起。微凉宫徵。透邻宇森森，裹祠霜柏，吹入武侯耳。

---

10 双边走侠，谓全兴队长魏群，人呼"大侠"，司职边后卫。禁区穿豹，谓前锋"猎豹"姚夏。

11 魏姚兵马，川足主力魏群、姚夏、黎兵、马明宇。黑蝴蝶，川足著名外援巴西人马麦罗，碎步翩翩，如蝴蝶然。四川全兴主场成都体育中心正在古摩诃池遗址之侧。

玉女摇仙佩·成都夏日苦热兼寄故人

金沙当日，古梦方酣，紫土无端剾破。箔镂翰飞，太阳神鸟，走失商周天火。赫赫炎威播。惹鸳锅红沸，凤蕉绿弹。雨汗浃、重重应恨，大葛生丝，骸缚形裹。时代烙文明，未许人间，身轻裎裸。　助热梨园子弟，脸变高台，忍吐赤云千朵。眸箭回酸，脐装褪辣，尚赖阑风三过。吾子权安坐。待秋熟、再踏清凉看我。想江岸、青空布景，柯横其上，疏垂白果。杏香簌。一城黄蝶联翩堕。

永遇乐·父亲自行车后座风光

二八钢轮，凤凰牌面，开路铃脆。左带长街，右抛门店，前是春衫背。槐阴母校，楠区故宅，复线几回联缀。渐丰盈、座栏撑损，行程忆中芜废。　灯头红绿，树边行止，能说老城经纬。往事疏源，川流默片，人在时之尾。琴台经罢，永陵风杳，梦断浣花溪水。凭谁数、沿途当日，石狮几对。

乳燕飞·过市级机关三幼，
园对王建永陵，幼时常往嬉游

寿尽龙躯化。种金棺、雨浇烟护，得陵于野。收割帝魂筝弦细，二十四音牵惹。伎乐动、地宫凉瓦。朱户铜钉关不住，镇精灵、孺子开庠舍。朝气聚，夜台哑。　碧翁万线阳光洒。奋园丁、青春祖国，嫩花融冶。抱屋溪流绿窗午，简笔一弯能画。柳影蘸、蝉波初夏。学散群童谁认领，尚朱颜、父踏单车迓。祖宗小，谨回驾。

齐天乐·重过西马棚街小学故址，学已停办，旧楼犹在

镂花黑铁疏门锈，从窥旧园光景。面仰晨飔，臂悬春藕，台脚礼童排定。赤巾吹领。对独帜升空，怒红相映。铃语敲残，本收旗降课声冷。　骎骎楼角又到，马棚栓不住，风隙驹影。成骥成驽，嘶盐历块，一种伏辕为命。泥途试骋。纵千里非才，初心犹耿。叶裹香粑，贩呼深巷暝。

满庭芳·初中操场北侧平地，昔为主教学楼，汶川震后涉危拆除

新筑场平，重开径稳，足底当日如何。土摇疆软，踏地似凌波。八级掀翻五月，折天柱、栋宇消磨。漫扫灭，门遮壁碍，风雨任穿梭。　晚凉曾自习，窗明千盏，灯势嵯峨。化萤阵飘残，翅隐云罗。天葬楼中往事，鸟衔尽、笔粉斑斓。撩虚案，向来书卷，展处一相过。

百字令·"479" [12]

纪元前夕，四七九、孔子殁于斯岁。泰岳崩颓天下裂，道术鼎分其势。四得文翁，七承嘉荫，九曰栽仁义。铁之三角，岿然稳据城市。　　遥忆数减程期，功添寸晷，卷写连天试。剂管波翻颜色换，变灭向来分子。挂榜名暄，照题灯冷，蝉蜕人间世。锦官花重，春风千树桃李。

高阳台·浣花溪公园跑步健身

渍染轻衣，脂烧疾步，高灯路影相传。几里周回，真珠汇额涓涓。无端绿径萦迂甚，逐山形、画做方圆。漫逢迎，花雾花风，溪月溪烟。　　少陵活法生春水，导清源一脉，流到何年。漂腻波光，香开薛氏红笺。浮空多少诗人意，夜奔忙、呼吸延绵。共厮磨，彼业千秋，吾道三圈。

水龙吟·都江堰街市饮夜啤

怒涛吹雪南来，调停一任疏淘手。堰分沙水，千秋沃灌，稻丰禾秀。我渴来游，心田数顷，亦能浇否。剪中流碧润，半街香暖，看酝酿，初宵酒。　　玉垒浮云奔走。散廊桥、月肥星瘦。映灯金液，名开啤字，六经无有。虾炒微龙，蚊飘细鹤，杂然摊口。送澜翻万马，玻璃盏外，下平原骤。

12　成都四中、七中、九中合称，皆老牌公办中学，名驰川内。余就读九中树德中学。

水龙吟·乐山大佛

当年慧眼何人，青山觑定凌云势。西来弥勒，倘为栖遁，必藏于此。斧凿挥开，层岩擘破，果然螺髻。请世尊浮出，圆光万丈，凭坐断，沧江水。　石栈盘空数里。下苍崖、凡心到地。求田晋学，封官许愿，无边人事。佛脚巍巍，应难一抱，身才齐趾。但高颜不语，低眸半瞑，对残阳坠。

百字令·曩登峨眉，入暮将雨，客房俱满，与同游潜入接引殿佛像后过夜

"阿弥陀佛，众檀越、大殿森严休进。""他处栈房皆曰满，况乃黑云幽峻。石燕将飞，猢狲夜叫，意岂无悲悯。""寺中明谕，万难投宿依允。"　且待僧定潜踪，灯昏蹑影，佛脚聊安顿。败褥蒲团相枕藉，摆落蛛丝几寸。地滚雷音，窗掀电火，目不金刚瞬。欲来山雨，从浇一梦清稳。

南津关初会阆中族亲

谱中空姓字，面见乃为人。几世胤流血，一湾江涌春。满筵眉目似，入话死生频。拥别云关午，风涛响古津。

阆中过丝厂故址

吾祖巴山曲，缫丝课百工。党徒随地下，枪雨洒天中。
白日初倾海，红旗忽满风。新桑厂前叶，沃若旧时同。

巴西

小时观蜀志，郡号见巴西。何事他洲国，嘉名此地齐。
肌肤自黄黑，蹴鞠有云泥。望眼今亲到，江山春日低。

阆中锦屏山南麓随族亲逾废圃
矮墙寻曾祖母坟

门亦数重阖，岂惟泉壤深。登墙不窥女，逾矩有从心。
露泫草尖泪，跫听地下音。巴山建寅月，吾祖正追寻。

谒阆中张桓侯祠

一

兄首洛城庙，弟身巴阆祠。弟兄战未捷，身首会无期。
恨水三吴下，愁云万瓦垂。强梁不得死，鸦噪至今悲。

二

东西突兀中微凹，锦屏山横马鞍高。请驮将军归天上，
铁矛失手堕江涛。矛头屈曲江水流，蜿蜒作蛇绕梁州。
蛇矛惯取万咽喉，辗转何人取君头。将军无头故不行，
孤坟淹滞砖苔青。马鞍蛇矛山川在，云阳东望天阴狞。

三

君侯传凶耗，岁在二二一。二〇二一年，参谒踏寒日。
世纪十八整，畸零无爽失。时差弥古今，随身史迹切。
九一吾生年，皇纲正萧瑟。乌合起联军，跨踏董不灭。
〇八奥运隆，将军气勇决。喝敌心胆破，断桥水呜咽。
是岁赤壁火，国贼须髯烈。捷报连一九，荆益俱已拔。
汉事看将成，吴叛羽忽蹶。二〇肺疫作，豪魏炎祚夺。
明年鞭健儿，将军为异物。坟墓柏无首，龙干至今裂。
汝兄后不见，秭归亦蹉跌。遂使英雄人，千秋涕如雪。
堂堂阆祠深，浩浩巴江阔。三五相照耀，犹是汉家月。

怀阆中

一

东面江水青，西面江水蓝。南面江水绿，北山碧玉簪。
较量山与水，所得一比三。二分见净胜，峥嵘意岂甘。
乃卷土复来，木石恣所贪。抱水横列嶂，束江锁层岚。
表里江山合，纠纷斗初酣。城府重围中，泰处若素谙。
生息着吾祖，旧业缫桑蚕。晓入烟外厂，暮依霜下庵。
登眺方追抚，岁月忽骖骦。欲归疫疠隔，含情望西南。

二

杜甫成都日，低开溪上扉。祠寻丞相近，瞻拜泪满衣。
又于巴阆间，庙貌垂光辉。城南锦屏秀，一水隔张飞。
桓侯并武侯，身歼魂不归。季汉与盛唐，百世最皈依。
诗人盖代无，英雄天下稀。回首嘉陵暮，山川凛寒晖。

5.

平居碎笔

日出扶桑一丈高，人间万事细如毛。
　　　——刘叉

学烹

一

家务贪闲废不操，父嫌母怨受呼号。学将西蜀东坡肉，
来试有形无厚刀。

二

砧承叮饲切来酥，釜入蘋蘩沸后须。为国有机殊类尔，
烹鲜不要远庖厨。

移居

一

迁移费车马，飘荡足风尘。岂有比邻送，剩惟书卷亲。
浮生沧海粟，逆旅暂时人。沿沂了无住，明朝出处新。

二

庭荒谢池草，门褪广川帷。已幸容三宿，敢希专一枝？
黄鹂久相识，白月惯曾窥。新宅从谁卜，蜗庐怅此时。

照镜见黑眼圈

瑞兽国能宝，此身谁复怜。惯熬灯下夜，稳睡课余天。
绿鬓镜同入，乌云眉共悬。自然成眼影，描画合长捐。

楼下垃圾场野猫

一

秽物满地积，幽声当月呼。猜疑啼赤子，高下见狸奴。
铲矢无人侍，谋生众力俱。搜求想能饱，残剩有膏腴。

二

细步夸轻俊，圆瞳变晓昏。畏人姿态警，乘夜往来繁。
咫尺三年住，羞惭一饭恩。自能击鼠辈，豢养谢无论。

孟冬温州苦蚊

一

冬虽已立冷仍微，日夜长忧豹脚驰。雷阵不成尖吻在，
力犹能肆万夫肌。

二

秋后犹存寿出群，扑人穿帐苦纷纷。中原寒大同侪死，
不分东南又见君。

三

朱夏飞飞正曰能，秋风吹汝亦何曾。独舞冬宵应寂寞，
友声早自失青蝇。

四

体敷花露六神液，香爇弯环一缕烟。烟坠饥飞省呵拍，
液驱喧扰得佳眠。

地铁上读书

一

甬自地底交，铁于甬内衍。我忽甬铁中，碌碌知谁遣。
春天不可往，始站不可返。女目不可触，赋性长腼腆。
乃坐读数纸，下敛眸光转。物论有相对，神凝修作短。
十环穿南北，千岁接心眼。十环与千岁，荡荡孰为远。

二

厢填百千人，纸罗百千字。一字系一人，间架若相类。
坐立乱无形，段行陈有义。虚义吾能谙，真嚣传何谛。
婴孩送嫩声，男女各警视。集体脱意识，浮世正雕绘。
彼足自出入，吾册或开闭。春语牡丹园，秋默木樨地。

挤早高峰地铁

我生何事攀高峰，驱我者谁枕边钟。依依黑甜留两眦，
登车残梦续瞳胧。战马鸶鸶有立睡，孰知朝日升于东。
岂必骨肉方兄弟，相逢手足结重重。栏杆多事纵横列，
与君俱已不倒翁。君不见天宝宰相杨国忠，大妾肥姬环
树肉屏风。唐法流惠今民得，斯乐上视宰辅同。既与宰
辅同，能不欣欣盛世中。

买正装

西装乍着体，故我即凋零。怯问汝为谁，笔挺镜中形。
两片领间白，一替衿上青。踏地革履脆，铿然响前程。
故我将安往，卅载忧乐并。不告辞体去，死因殊未明。
领带勒呼吸，恐死于绞刑。

逛街

妻虽不即来，应已降人世。颜色满长街，猜君与谁似。

给鹰嘴芒画眼睛

庄蝶互成春睡美，鼠肝昨日化虫腿。鹰于树上生猫头，
果又盘中夺鹰嘴。童心画出睛光熠，何处愁胡偷渡入。
形全飞去有长弓，搁笔不添双翼丰。

收拾屋子

无事任疏懒，有熵增舛讹。澄清敢天下，一屋扫如何。
力定尘埃落，功推箕帚多。蜘蛛愧看汝，颠沛失丝窠。

对声音过敏常致失眠

市声喧昼耳为聋，偏向深宵开圣聪。落地能惊针细细，
吹飙况响鼻隆隆。黄粱不办三更熟，斧凿谁令七窍通。
赢得无眠望天板，明朝衰兔两眸红。

午睡为老鸹所惊

永巷萧萧日不颇，高杨大柳噪晴和。莽僧拔后怨无限，
柏署飞来路几多。片刻羲皇当北牖，今生富贵在南柯。
觉时愧听黑夫子，昼寝酣然丘所呵。

庚子春夏索居蓄须

世情如束，幽居裹足。罢交歇游，边幅谁修。膏沐暌违，
头上蓬飞。口思得罩，颔亦求衣。乃蓄千丝，鬤鬤有髭。
（一解）

世情如拘，裹足幽居。于役日息，于思日益。颊髯颐胡，
上髭下须。规模此立，滋茂与俱。羽虽不足，视备有余。
（二解）

胡兮狐兮，狡哉百变。放之则垂，擢之拂面。唇上娟娟，
孙氏逸仙。渐厚且密，迅哥侔匹。有镜有镜，朝窥夕揽。
若马与恩，则吾岂敢。（三解）

言进羹汤，先吾得尝。珠悬水起，瞻不为美。始而未妨，

久则须理。终焉一割，烦恼同已。割烦实难，聊以为比。
鲁达拜山，不留些子。（四解）

蓄须四月有奇一朝连须带发
尽剃无余得二绝句

一

室中一倍觉光明，添个袈裟便是僧。偷活可怜眉独在，
须兄发弟唤难应。

二

不打油膏不用梳，不忧衰白染头颅。两轮日月同圆满，
并作三光照九区。

健身脱发

脱脂误脱及青丝，打击不精深可悲。澡罢盆倾珠瀑下，
一汪沟水送婴儿。

脱发

绕齿随梳下，决然到地飘。彼皮存无恙，毛汝附不牢。
养汝靡亏缺，奚遽去我逃。老大知博士，毋劳身份标。
额角先深入，次第他处凋。渐可骋野马，幅员巨颡辽。

把镜忧濯濯，受光益萧萧。不学髭与髯，婆娑生意饶。
络腮还侵鬓，日烦手中刀。余既未解损，补足事难调。
心违每如此，仰看秋星高。

上班后每天都得剃胡子

趋府于今为掾曹，事缠毫末剧相遭。汉仪不重须髯美，
薄刃还成旦暮操。妾妇中官面同洁，坡仙羽圣首频搔。
时清利器浑无用，在手只诛皮上毛。

烫头

锡纸药氛新剪裁，回看亲友小惊猜。在头昔叹根株少，
障眼忽能波浪开。绿发镜中生酷炫，青春顶上觉归来。
欲邀烟酒成三益，玩乐宁惭于氏才。

庚子自春徂秋闲居在蓉思京城诸事四十五首

一

枝秃还乡曲，枝青毒正飞。枝红杂黄处，秋半或能归。

二

短假结无日，只道三月中。三月复三月，春衣洒秋风。

三

春狮吼夏琴，牛女秋皎皎。冬举故园头，蜀星阴见少。

四

朔风窗外竿，一拂襟裳脆。莫浣成都衣，三朝滴似泪。

五

京舌卷如席，蓉舌舒如带。川普如白云，卷舒得自在。

六

无辣昔不欢，有辣今不餐。人犹为蜀客，胃已作京官。

七

燕山大席飞，古都成雪国。川端在何处，不放鹤千只。

八

成都岁无雪，纵有只含窗。尧近京桥冷，鹤言听一双。

九

一夜北京雪，茫茫谓北平。成都无所谓，千岁不更名。（网上的梗：一下雪北京就成了北平，西安成了长安，南京成了金陵……）

十

深巷噪胡弦，灰砖卷棚顶。花晴雪不飞，一片燕山影。

十一

巨匠亦顽童，积木铺金海。中轴一线隆，矮矮高矮矮。（景山上南望故宫）

十二

古禁一城紫，今禁二海碧。太液进秋风，警跸如失职。（秋过文津街）

十三

太湖胚浑结,清汴锦帆举。杨志押不到,即到金人取。(北海公园原系金代行宫,园中太湖石有取自汴梁艮岳者)

十四

哏嗑葵子听,肚依芝糊涮。栅栏围京腔,锵锵大石烂。(夜游前门)

十五

虚线穿肢节,肝脾若暂分。吹嘘过龙椅,小动景山云。(夜过珠市口,小立北京中轴线)

十六

土墙蒙元物,误作燕都论。一碑空烟树,非蓟亦无门。(元土城遗址上有"蓟门烟树"碑)

十七

战骂一时败,湖摇万世漪。亏成谁料得,军费与园资。(颐和园)

十八

南箕不可扬,菟丝不堪钓。灌肠竟无肠,虾蟹引同调。(北京小吃炸灌肠,曾于卤煮店顾名索点,入口方知并无肥肠,纯系淀粉所为)

十九

保定圆如磨,河间长似鞭。长同潘邓列,圆想卸之先。(两种驴肉火烧)

二十

一勺古园水,旧涵沧海色。我今亦一勺,但舀羹汤吃。(尝数食于北大勺园餐厅,其址旧为米万钟勺园)

二一

一种春风沐,偏无考绩忧。旁听可人意,妻妾不如偷。(北大旁听)

二二

博考昔不入,闻道今非晚。勿轻旁听人,助理来书馆。

二三

轮底八十里,铃边千数庄。飞尘拖一道,海淀下良乡。(北大旁听毕,骑单车返良乡校区)

二四

海淀骑良乡,如坡快马注。反之则不可,北高南卑故。

二五

蛋分微椭月,葱撒小环花。晋面桂有粉,疫来存几家。(校北门外多餐馆)

二六

店娘柳叶眉,曾胃春天笑。春空学不开,日复几人到。

二七

夏夜蝉定初,小摊三步外。凉啤邀远风,此乐几时再。

二八

秋气肃天地,黄金裂碎砂。盘中木须肉,门外木樨花。

二九

冬锅薄薄羊,夜馈悠悠烩。铜耳双双环,听波汩汩沸。

三十

河能刺猬名,此物真土著。略无东道风,见客毛发竖。(校园春秋多刺猬,刺猬河在校西南十里)

三一

大树招长风,上下吹碧虚。吹枝无留鸟,缘木或得鱼。(校东三里有小清河,河中生巨树,下二首亦赋此)

三二

枯看倒帚立,荣看花椰菜。只莫夜中看,搏人森如怪。

三三

根托荒郊水,如树无何乡。下窥能自照,反躬亦堂堂。

三四

房山邻涿郡,绿畴望深浅。生小慕昭烈,楼桑如在眼。

三五

十里出塔顶,五里见塔影。半里到枫冈,门关霜叶冷。(尝往昊天公园访昊天塔,及至,园门不开,斯游未果。塔在旧良乡县城东北燎石冈上)

三六

公骨盗而出,将骨填而入。守恒骨成肥,养塔千秋立。(昊天塔侧有孟良焦赞墓,相传二将于此夜盗令公骨殖归宋)

三七

寺塔涌列代,虚齐唐宋名。赵宋辖不到,唐辽元明清。(房山云居寺有历代砖塔)

三八

人猿知揖别,猿猿亦殊谱。异种对隆眉,虽古岂吾祖。(周口店北京猿人塑像)

三九

金陵金家冢,非彼南京谓。有骨无金粉,山风响松桧。(金代皇陵在房山区九龙山一带)

四十

橇杆骄手足，手足不应心。忽然地面直，餐雪涤尘襟。（大兴雪都滑雪场之滑雪初体验）

四一

每念故人酒，因登十里河。河床填作地，不见十里波。

四二

日暮上天桥，千窗望灯火。如萤复象星，一点不归我。

四三

或羞长者责，时讨同侪杯。博士焚年寿，回头寸寸灰。

四四

忆中蓟门树，眼底蜀城花。笔干气象动，京雾来三巴。

四五

廿字不作难，短章聊速记。一章一鳞爪，章齐龙体备。

6.

形语影

诗从肺腑出，出辄愁肺腑。

    ——苏轼

冬至对月

例出真无恙，径来非有期。孤悬最长夜，偏照不眠时。

闹钟

一滴逗一答，一答追一滴。夜坐对小钟，幽音溅四壁。
青春余几许，禁此敲扑力。在针声方发，触耳已云寂。
声起秋月蓝，声落秋灯碧。声滑握不住，生命手中蚀。
终然不堪听，一心有如炙。掷彼深屉中，右数第三格。

饮酒

一

酒吞冰后啤，喉结荡而鼓。滑凉从喉入，恨热从心吐。
大欲非肴菜，不烂凭汝咀。汝胁有青烟，肋骨焦几许。
街角牵行云，商略今夜雨。适愿恐沾衣，去留容首鼠。
胧月堕杯中，皎皎双圆乳。

二

压顶中年迫，油腻滋无量。腹内百虫生，翻腾啮五脏。
我舌有缠结，得酒言始畅。说法口甫开，蚊蝇出我吭。
回吞已不及，挥杯饰谵浪。杯上飘日月，杯前衰色相。
刺夜投双箸，逃离大排档。

冬日醉后的双押

昨夜琥珀浓，诗人又**醉矣**。分明玉盏前，居然布**被底**。
何人扶我来，移我烂**睡里**。剪我忆一段，从风撒**碎绮**。
狂言醒可怕，语零拾**未已**。帘褰初雪飘，南州众**吠起**。

拖延症

熬夜不苟眠，仿佛不欲死。晨醒不欲生，恋床乃不起。
劳生苦大块，畏死当然理。死生嗟两难，拖延真有以。
将生将死间，岁华逝无止。譬如舟在波，两头未能舣。

二字头的最后一个生日

一

廿九质数是，无物共乘除。我生亦如之，形独影随孤。
蛋白流胶原，鬓发照已疏。厚茧裹秋心，久矣隔欢娱。
京师豪杰域，何地安一躯。生日寒日在，为我落徐徐。

二

字头二为三，所奔三作四。依然两袖风，还同弱冠际。
世事壮心减，增人惟年岁。骐骥待一骋，长途瞻已畏。
同学多不贱，衣马颇先置。虚得博士衔，买驴终遭议。

三

青春去我远，万驷追莫及。倘以虚岁论，欻然已三十。
耳或狂蜂喧，目惯飞蚊集。立身乏锥颖，卓地难深入。
飒飒惊风吹，飘飘白日急。天凉宜佳睡，呵欠眼角湿。

四

吾降清秋日，所禀秋气多。受乐嗟顽钝，哀于众人过。
生日不云乐，祝福且休歌。甲子忽已半，赤叶纷婆娑。
扫京寒欲至，太液终不波。渊冰一片脆，临履将如何。

奔忙

奔忙怀抱破，一地零清耿。夜深收碎心，弥缝使齐整。
形神暂复完，下语脚边影。声微暗虫知，达晓花树静。
花明忽别树，发玄竟辞顶。到地两窸窣，濯濯春天冷。

游丝

舌卷椒中火，牌鸣指下雷。蜀乡诱温软，箭发安可回。
刮云京市楼，光价峻深哀。游丝漂不入，落地滚雪埃。
俯首汗为血，滴处悬乡月。

夜中忽醒

世情只益睡，勿令睡者醒。醒来有四壁，醒来无黎明。
醒无人依枕，醒有月垂棍。虫嘶与车响，一一醒后听。
万念与千忧，一一醒后备。父母醒后老，室居醒后贵。
醒来有空文，醒来无职位。胡为夜中醒，世情只益睡。

隙中过活

乐是苦之余，闲为忙之隙。生憎苦与忙，乃以隙为宅。
寄此一片身，胸背呼吸窄。动止宁自专，欠伸屋打额。
二贼竟不休，昼夜还侵逼。各驱五寸进，隙地缩一尺。
驹影无复辨，已觉风声息。一朝隙壁合，天下将安适。

尿中跨年

歌厅啤滑滑，脏腑为之通。酒频厕来数，非是肾无功。
隔间忙底事，节奏撞隆隆。九八闻倒计，始知残岁空。
樟风吹解带，丸槽飞半虹。辞胯隔年水，入耳新春钟。
所谓仪式感，喂他老母虫。元日何所愿，肠润涓滴丰。

7.

镜花水月

照之有余辉，揽之不盈手。
——陆机

看不见的女友

一

私心瞒上帝，　想尔近吾身。　众瞳盲不察，　唯我见斯人。
声岂他耳捉，　香绝他鼻闻。　氤氲成彼此，　独得互秘辛。
浮生飞沤泡，　安幻即为真。　夜半负不走，　藏娇于精神。

二

飘飘谢迎送，　寂寞汝自来。　熏风才鼓荡，　眼波已徘徊。
骨不抽于肋，　异色出心裁。　在我一斯肇，　出我二遂开。
与我二而一，　相将欢并哀。　水乳茫茫白，　无地生嫌猜。

三

无质非不见，　见尔赖天目。　如待发之蒙，　如未散之朴。
理型美且完，　万态此苞育。　他女等而下，　仿摹沦婢仆。
叩秾因得妖，　挹清乃为淑。　风神移朝昏，　肤貌变廉肉。
何虑新鲜竭，　取用有长足。　葳蕤缠众芳，　一身岂云独。

四

造次弗相捐，　胶漆莫能譬。　此生孤耿耿，　赖汝斯为二。
昨夜饮荒馆，　秋风吹寒醉。　欲唱心上声，　群耳向我闭。
幽忧踏叶归，　拦身黑犬吠。　幸汝现于前，　犬惊为暂避。
长椅坐园中，　陪看星月坠。　我影投花砖，　汝影落何地？

车窗上的女孩

一

厢灯落寒照，车背暮天移。腮红袅玄鬓，降维于玻璃。
对坐但神交，勿视礼曰宜。赖以窗为镜，虚象得觇窥。
藏汝山河内，风景望同时。目随怀所骋，其游世焉知。

二

晚山列橡皮，汝影不受擦。流云拖巨布，汝身不受抹。
云山实且固，身影虚难察。虚芜所弥漫，实柯有不伐。
虚实醉醒间，此意竟谁达。

三

左眸叠霞彩，右目涵夕阳。耳坠击霓虹，碎流远城光。
发饰膏泽细，哀雾蒙琳琅。衣上生明月，摇摇千里霜。
车灯一旦熄，形影各相藏。面庞正漂泊，粉泪滴何乡。
窗不复为镜，开阔只虚框。代谢仍框景，登铺睡茫茫。

等

窥冰等川活，戴夜等天炳。花捧晨露鲜，春衣射光景。
迟子桑下风，歧路延修颈。寄语车上鞭，羲和着须猛。
忽报幽期讹，梦马竟虚骋。戈多在明宵，会面非今顷。
履明即为今，真明恐不逞。今进明随退，恒隔一日境。
进退靡等差，今明等是等。回首衣露晞，朝花枯犹秉。
川死冰复生，夜垂天灭耿。被外寒失寐，被内屈易醒。
布被无内外，长鬣终难整。黄金铸金鱼，鱼卖黄金炯。

得金更熔金，　再铸鱼数鲠。　铸熔递出入，　持此销绵永。
山等万木焚，　海等鲸尸挺。　萧萧髓等干，　沸沸血等冷。
子来或有时，　巧笑粲犀影。　吾骨百枝雪，　魂埋已深埂。

摘心

比干已见刳，　空心菜已煮。　盈盈玉掌中，　瓣膜鲜犹鼓。
绝脉喷丹泉，　幻痛若可抚。　父母昔所授，　与夺今在汝。
汝更攫而飞，　排云之远所。　心逝莫能追，　肢骸听无主。
创血滴不缝，　其流看漂橹。　秋风鸣黑腔，　其声呜一缕。

噩梦

在梦焉知梦，　其如诸象亲。　饮酒与田猎，　哭泣转相因。
此夜庄周死，　蝶衣坼纷纭。　既死山灵唱，　古缶生裂纹。
手爪自搔把，　不醒梦中身。　目瞠欲决眦，　不见醒时人。
四顾投以石，　一毫无漪沦。　永困虚幕下，　蠢蠢徒长勤。

我是鱼

饵汝芳可怜，　曳与丝纶俱。　我生见汝喜，　他鱼以为虞。
忆消七秒外，　事岂殷鉴须。　吞钩奋鳍鬣，　泼剌声气殊。
破颔血点点，　清波开红藻。　穷力逐所爱，　纵死勇有余。
不然鳞甲锈，　淹灭于江湖。

野马与骑手

冀之野，留良有马。绝鞍辔，高嘶秋天下。人言龙性矫
矫，神不可羁。公无犯难，我竟乘骑。乘骑坠死，骨肉
支离。形或伤其运，影或悲其尽，魂锤野马无已时。魂
脱其身，身化为粪土。土沃芳草，明春发栩栩。蹄践复
齿啮，辗转入肠腑。以死寄生中，谁能别我汝。

尾生之信

一

小车走有軏，大车行有輗。桥声雷辚辚，苇色霜萋萋。
嫩约从风来，吹梦漂蓝溪。在贫无所赠，惟诺是提携。
诺践而不逢，白日忽已西。

二

乍惊钗钿烁，远磷明山薮。错喜闻环佩，撞石碎冰走。
暮云想裙幅，烟姿认蒲柳。万象皆不是，我候永已久。

三

乱流白崩奔，天地青杳渺。曲曲梁下滩，追脚看转小。
滩东浪正逼，吞沙摧寒蓼。滩西涨其止，不止身不保。
滩北与滩南，休更诸洲扫。呜呼祈无应，四绝作孤岛。

四

望子竟不来，来者满川水。已濡中衣湿，遑论裳与履。
力岂不能洄，诺出无他徙。抱柱精诚在，去梁忠信死。
所愿学老聃，堂堂柱下史。

五

凉月光如刀，　洪波齐我腰。　水蛇缠两足，　细鳞滑腥臊。
身任下埋没，　心犹上焦劳。　半浴孤川远，　半沐列星高。
高远多佳致，　葬我天水交。

六

凉月低丛竹，　洪波过我目。　两厢鱼尾纹，　鱼尾来轻触。
呼吸成形状，　圆沫吐还续。　破灭不须臾，　此生亦仿佛。
但恨合瞑前，　花颜未一瞩。

七

凉月下西岭，　洪波没我顶。　生气附沫出，　死意随管领。
渐松梁柱抱，　如别玉骨冷。　曲线画梨涡，　盘盘飘笑影。
微生有沉沦，　耽玩不须醒。　毛孔感溺爱，　亿千神妙境。
天樟水棺间，　一尸宵挺挺。

八

小必亲戚悲，　大应世人嗤。　子耳得消息，　风前或我思。
错连获于天，　君情岂复疑。　运促失来日，　来世当可期。
辗转托冥会，　万岁不以迟。　幂幂巫山雨，　悠悠洛水湄。
汉皋一相赠，　有佩怀袖之。　重逢眉目改，　贞心无磷缁。
幽忆如不灭，　笑说抱柱时。

嚏鼻

嚏出女之鼻，　云气腾胭脂。　代视扬双孔，　眼面白一时。
高跟有利割，　长发无短羁。　自非多田翁，　徘徊此何为。

天孤

少衔水浒癖，一心雄万夫。雄心化为雌，长成志转疏。
鲁达诚最爱，星曜号天孤。同孤气相应，推彼而及予。
青春脱我去，伊人在空虚。姗姗来苦晚，偕老定谁欤。
终世苟不至，已矣何所吁。

8.

博士·未济

青冥却垂翅，蹭蹬无纵鳞。
　　　　——杜甫

榜落

榜落春闱歇，风落春花委。夕日与之俱，堕地玻璃毁。
三足燔乌身，八歌执牛尾。不晓玉笛音，哀哉葛天氏。
眉庞垂衰绿，爪长罢书鬼。虚龄二十七，今年昌谷死。

在家拨闷十四首

一

万岳作盆围地来。不舒秋气搅新哀。故人京国飞腾去，
一角谁知锦水隈。

二

此身生蜀那老蜀，前度上京终去京。人海擘开其有罅，
也容一介隐王城。

三

诗书散木看双绝，中日早川亲一家。李四大名红宇宙，
范郎吟鬓白清华。

四

乡邻张静静姿好，社友陈吟吟兴疏。北大能登俱学霸，
比来论著发何如。

五

湖解藏名鱼跃空。谦谦一塔仁其东。无由挂得燕园籍，
潋滟崚嶒尚眼中。

六

小初高本考无难。保硕因之旋踵间。天意似怜攻读苦，
故教退食暂宽闲。

七

一饭区区未解谋。专施薄技务雕搜。因循难免到博士，
稳做学生三十秋。

八

春树樱痕春酒色。论交江汉游京国。成都莫道是吾乡，
除却双亲都不识。

九

训废庭荒动爷怨，日高起晏费娘呼。生书强记看还忘，
女友离居有若无。

十

识尔于今三载过。交如已久实无多。云程除却山遮水，
呼吸相吹余几何。

十一

不得灯前阅颦笑，何曾屏上有凉温。川途魂梦如犹识，
应叩巴山夜雨门。

十二

可与人言无二三。前途见问怕深谈。楼遮日暗兼霾锁，
戴雪西窗岭不含。

十三

云矮去头才尺五。蜀天黯黯无今古。总归不肯示青苍，
只把冬霾换秋雨。

十四

偶来抑郁未为症，不去脂膏供效肥。地僻西南秋又老，
纷纷叶看一窗飞。

闰六月于家备考博"二战"

一

页拨古时字，灯舒今夜光。诗书塞心眼，歌酒敛飞扬。
一挂万终漏，今看明即忘。不堪廿四考，忧愧对汾阳。

二

入伏蒸尤甚，为炎闰更多。一蛾灯下灭，半世考中过。
技痒诗成癖，天长睡有魔。蹉跎初鼓失，作气再如何。

初秋在蓉备考忆汉上旧游

酒白云边液，蟹黄湖上秋。面香干更热，江大鹤飞楼。
逼眼新书字，牵肠往岁游。相交各何在，东望意悠悠。

在蓉九月下旬以来阴雨无绝
连月不开感作

一

秋矮气难爽，雾多晴不能。拨书昏在目，映案昼须灯。
朗失弥天照，圆藏东道升。无盘惊得汝，邻犬莫嚣腾。

二

永悭穿户景，间送打窗声。万古盆为地，一秋云压城。
寄家翻似客，挂榜竟无名。想象层阴外，高阳照大京。

9.

博士·既济

焚膏油以继晷，恒兀兀以穷年。
　　——韩愈

初到社科大房山校区戏题

旧庠思珞珈，山房吹风花。此日客畿内，房山吹风沙。
城南诸生邸，去天七十里。虽云在帝都，何异居乡鄙。

博士僧

一

吃宁须斋素，着岂必袈裟。发不金刀剃，居任红尘遮。
何待皈三宝，然后为僧伽。万编有研摩，苦行即生涯。
把卷满眼字，一一幻恒沙。

二

乡鄙隐伤小，帝京隐嫌大。托钵至京鄙，执中颇不坏。
塔瞻象牙洁，坚白摩云盖。百级烦脚力，四垣隔亲爱。
趺跏日夜定，舍身供幽隘。地偏心自息，风幡亦何奈。
检搜杖吾锡，写读遵吾戒。佉经译贝多，竞将新意卖。
却顾众丘尼，同修无嗔怪。

听浣衣

开屏拂群键，耗夜须有诗。室友浣污衣，搓挼噪同时。
盆击冥搜断，水响更支离。谁能加嗔喝，安坐听所为。
思惟存现量，何莫写照之。盆圆中情满，水放心亦随。
诗思若不展，任意止于斯。

飞蚊症

一

仰天作絮抹晴虚，俯字同书受蠹鱼。无限玄黄世间血，
不应甘向眼中居。

二

尽灭群声未匿形，雷无穿耳霭随睛。絮腰解避香烟袅，
豹脚翻遭视网婴。

三

集千百命于双睑，眨不加多瞠不减。纵意元非伍尔芙，
谁令墙上饶斑点。

四

浊世相看是所宜，填腔一对浊玻璃。心窗从此存帷幔，
刮膜金篦莫漫施。

午后论文写不进去

密密睑中字，昏昏茶外天。杯烟犹上进，我懒甚于烟。

河传·广阳城地铁站边的研究生院

穿夜。高架。忆长驱。车到寒星与俱。站出广阳烟外墟。
空衢。远庠侬所居。　恰似使君官秩满。因缘短。行止
三年换。袖萧萧。云不招。风飘。傍冠金穗摇。

荷叶杯·西半在建校园里的荒径

两脚斜拖孤影。荒径。破夜一行灯。小园枯叶踩棱撑。
疼么疼。疼么疼。

上行杯·校园农场里的麦田

麦上夏云舒卷。竞良苗、自怀新愿。守望者归捐望眼。
弥望一田波浅。风自何方到村县。谁见。风更比,远方远。

潇湘神·校北门外未通车的荒衢

役未终。车未通。栅围三里夕阳红。虎气畿西山莽莽,
荒街拂下太初风。

相见欢·荒衢上的电线杆

雁行撑拄鸦青。各平行。劲直如弦风过拨无声。　无边
暮,无人路,对伶仃。突兀荒郊月挂一杆明。

女冠子·午夜小园里的刺猬

梳风发竖，点染一身憨怒，夜分时。踏叶宣枯响，行藏汝在斯。　月斜期白坠，鼬黠怕黄知。我岂机心有，莫相疑。

醉公子·校园里的蜀葵花

红者洇鹃血。白者凝香雪。葵纵以为名。向阳花不倾。蜀物春中好。蜀客书边老。故旧遇他乡。郊园清昼长。

诉衷情·春日写毕的园林
植物博士论文

我有古花千万树，箧中栽。书一字，冰蕊，一分开。此日毕删裁。春回。泼天香正来。鸟惊猜。

博士论文见评优秀且获出版资助

一言能脱一丝青，砌就万言头自轻。血呕心肝驴背赤，树芟梨枣鸟声惊。江河水溢导师导，月旦风流评委评。插架他时想连栋，经烟史海与相并。

10.

星星与人民币

昨夜星辰昨夜风
走马兰台类转蓬
　　　——李商隐

星彩

昔在房山夜诵时，满头星彩洒郊扉。惯看河外牛牵轭，
自入城中女罢机。腰折尘埃仰为俯，梦回灯火是耶非。
千寻楼底六街雾，淡照缁衣只月辉。

寓居建国门邻近古观象台
三伏夜不见星怅而有赋

柾与星台共一廛，楼遮危影雨生烟。白能几粒投晴照，
青自千秋盖暮圆。晷漏尚窥明季法，牺牲终换古时天。
乘闲何日归郊野，列宿三垣手可搴。

孟秋日坛观星

七月南天见火流，七星西北挹高秋。坛虚古柏悬河汉，
暑尽瘴云开女牛。空里几年光到眼，寰中此地蚁浮瓯。
明宵相似非今夜，移转匆匆肯少留。

单位西窗晚见金星

金星不彻夜，昏晓见孤高。亮启乾坤换，班临上下劳。
地穿车走铁，腕脱簿分曹。衙坐小窗晚，荧荧锥雾涛。

初冬又见猎户座

商火西流尽，参须缓缓归。恩仇有回避，寒暑各光辉。
猎户藏弓久，天仓积贮稀。三星仍职事，万古束腰围。

加班日记

　一

七月十九日，周一雨复阴。入职第四日，加班始自今。
敢贪公暇乐，而乃恨见侵。譬如诸女歌，佳者飞余音。
又如品众什，余味称佳吟。事业亦有余，不逐夕阳沉。
夜半厕良会，干部列珠林。

　二

七月二十日，午后点十七。复日有例会，待命留空室。
同事昼中形，升华纷纭出。余气撞粒子，幽玄不可悉。
众在公之所，众去私之密。所谓公与私，其道贯以一。
夜班加不加，分别亦何必。

　三

七月廿一日，座谈谈不乖。公家程期迫，火急召听差。
是日郑州水，隔帘雨垂哀。水火煎人寿，字句殢人怀。
簿书修未惬，官长骂且咍。发胶梳向后，衬衫雪皑皑。
雪在月将落，子夜密函开。

　四

七月廿二日，长庚大如月。偶于西窗见，光涤昏眼豁。
太阳统系开，行星各殊列。酬尔拱卫劳，赐尔光与热。

一朝入体制，牵引永无歇。天人交相感，构造元不别。
愚为贤者驱，贤自焚膏血。浩浩洪波卷，沦胥随素沫。
默思三五前，满腹志愿达。

五

七月廿三日，倦骨鸣相磨。孤灯照孤枕，晚归栖矮窠。
星期看一掌，七者五已过。双休焉足保，匪躬捐靡他。
蜘蛛结在壁，愁丝胃网罗。蜈蚣南墙下，蠕动姿婆娑。
簿书与其足，比数定谁多。终怀毒虫畏，踩死汁滂沱。
阿比甲当嘎，菩提萨婆诃。

六

七月廿四日，所历无新事。拷贝旧文档，祖述以为继。
官着向来衫，文改昨宵字。发胶仍荧煌，总之乏创意。
今日是周一，亦可曰周二。亦可曰周三，亦可曰周四。
独不曰周末，未得烂漫睡。周末乐融融，周末不如是。

七

七月廿五日，七曜忽已周。帝造万物毕，嗒然于此休。
蚩氓隔贵贱，作息难与侔。幸为社中畜，庶免蚁与蝼。
事业无穷极，饼画饥能瘳。加班要再厉，前途宽且修。

伏日做会议秘书

笔随书记记文书，如雨押司时所需。已候气颐知进退，
还从咳唾别精粗。清谈白昼移丹景，多士两肩撑一颅。
久坐胫高搔有血，噫嘻蚊不在兹乎。

下班晚步

人散公门鱼脱罾，垂京霞势赤崚嶒。车非本意约三色，
犬要口粮听一绳。形不可窥枷在颈，天如欲睡市将灯。
暂闲明日还迎候，上语官颜冷若冰。

因公访人民文学出版社朝
内 166 号老楼

缘砖天棘袅风丝，手迹停橱书大师。此傍公门登圣地，
曾看名著长童儿。青裙老屋漆半壁，白发主编烟一枝。
日柱晴窗射尘影，熙熙或似国初时。

作吏

作吏难为浪出游，久抛山水坐城陬。山将巉峭分楼势，
人阅往来如水流。进退由之线端偶，笑颦非我幕前优。
更残不了公家事，乱雪纷纷积案头。

冬晨单位班车上有作

八面晨车纵所奔，地平匀碾不教翻。梦犹簸荡延残美，
日已瞳昽输远恩。动画隔窗寒有泪，偶人依座倦无言。
因循世路尘埃熟，昨亦某时经某门。

办公室窗台鳟鱼海棠开花

钩起风波鳍拍沙，当时腮口正啥呀。物迁妙手鱼为叶，
窗满晴云秋更花。香不逢迎鼻如洗，色迷黄白眼无家。
盆中欹侧盆边坐，相对疏慵在小衙。

闹钟杀梦

寐也嗟不寿，死亡非自然。小钟挥暗斧，大梦斩晴天。
晓蝶六点堕，金乌千户鲜。上班撑兀兀，坚坐送茶烟。

单位院落的围栏

收荒贩夫叫，坐会长官尊。党务天边急，生民院外繁。
一栏通气象，万类各凉温。鸦起公文里，萧萧窗树喧。

换岗

砖也不专主，搬移每自公。位无别高下，墙任补西东。
共戴炎天日，俱分革命工。就班零件在，机器运隆隆。

单休

赐休期折半，成好事无双。案积纷纷业，官听浩浩腔。
飞腾周已末，黾勉意难降。脚注新时代，殷勤阐旧邦。

手机线上会议

奇技缩咫尺，天高卑可听。颇传身外事，每撼掌中屏。
网晤通长夜，公门嘻小星。自雄还自缚，清简怅曾经。

顺义书库夜值

十月帝郊路，刺天惟白杨。星繁垂大野，车远点微光。
寂历三更室，精神一库粮。守藏思老氏，渊默坐荒荒。

国家版本馆落成升旗仪式

起来血肉筑长城，古来此地无此声。岩幽除却风吹树，
只有山虫山鸟鸣。崔巍一旦开山室，浩荡人文饰山质。
鼓乐提携喧正步，剑拔寒光耀山日。大旗仪形，在昼犹星。
缆升曲送，终始与共。鸟虫不敢哦，衣冠仰而歌。多米
索索拉索，米多索索索米多，索多索多索多多。

山馆气味两种

人力居山构雄迈，山采于人始何代。山自太古气清新，
馆开新室味古怪。竹窗乃拓当风立，岚光甲醛共呼吸。
山气延年醛杀伤，为寿不知更短长？

摸鱼儿·山馆版本征调

是何年、手民刀笔，枣梨成此雕镂。香篆墨版连霜本，
版本一时奔凑。勋不朽。才昨日、惠捐琼笈今番又。官
来士走。正辇路风高，蠹丛烟重，指点入吾彀。　人文薮。
文脉恒温扶佑。藏多漫说亡厚。名山有业舟停壑，不道
夜中偷负。倾国守。算深库层岩，堪恃金汤否。图书园
囿。待聚散千秋，此间留作，天下盛衰候。

八声甘州·山馆杨花

了非花、汝甚御风来，何时雨飘还。便松槐尽好，栽杨
何事，得此飞翻。阁部车通幽径，野外肃千官。头上春
天雪，点鬓斑斑。　不化方塘萍藻，化书楼薄雾，窥字
窗前。更衣粘文吏，馆务共盘桓。锁云门、声摇金钥，
散高衙、回首见长安。晴空暮、茫茫羽阵，管领江山。

洞仙歌·《永乐大典》湖字某册借藏版本馆燕山洞库，是册新自海外拍归

洞中萧寂，日月辉难到。深入嫏嬛谢纷扰。是燕王、泱莽当日江山，非永乐、变幻谁家年号。　锤音听拍定，价骇重洋，合浦珠还旧缃缥。对四库同堂，敢倚前修，桑海阔、白棉犹皎。问正本、湮沦浩无踪，展此册畸孤，万湖烟袅。

夜游宫·山馆宿直中夜观星

大蝎西南一尾。针螯处、无边青紫。猎户酣眠玉弓死。只牛郎，护天孙，三角里。　万粒东山起。淡云破、馆檐罗缀。不去城中照浓睡。却荒郊，洒孤身，星汉底。

11.

旅食京华

世味年来薄似纱，谁令骑马客京华。

—— 陆游

晚过北京

攘声熙色此尘寰。在北漂漂各散班。一市人鱼窜灯海,
九衢车水绕楼山。

好事近·入职移居建国门
半地下室因赋三首

一

居徙乱鸦天,满目硬山灰瓦。人海身藏一叶,在地窗幽罅。
胡同吆喝破朝曦,熏沐应官也。一十三年驴背,想少陵
初跨。

二

不卷怒茅飞,不待雨穿风振。管滴涓涓床外,养嫩蛟纤蜃。
风骚了未及前贤,屋漏先相近。只乏一灯妻子,破夜深
孤闷。(寓所排水老化,漏水不止)

三

绕腕瑞珠香,腹卷背心残雪。老父东城闲步,挈一笼花舌。
画眉虚语滑间关,不解世情说。米价房租何似,指中天
明月。

建国门街道半地下室二首

一

入楼斯降不须登，社会今居最底层。砖下龙潜绕双桧，
案头蛾舞识孤灯。天高莫即悠悠碧，地湿长熏郁郁蒸。
冠盖相倾无十里，凤城西望有觚棱。

二

飘飘逐食卜城东，二海中南御气通。地可安居虚室白，
门名建国大旗红。自喧鸟雀飘空巷，谁荐云天赋似雄。
弈局长安殊不定，敲枰吃子看邻翁。

门前的两棵杨树

两树荫门当道旁，一株杨更一株杨。不成连理欲何待，
各负轮囷争彼苍。风月投闲老京国，雪沙森卫隔西疆。
愁来遍体开怪眼，瞋着行人头颈凉。

寓所漏水戏题

山不求高地有仙，龙灵何必择深渊。斯为漏室能明德，
梗纵谐音休扣钱。仿古如闻更箭滴，日新还见碧苔鲜。
他时旧雨来相访，斫脍烹鳞就榻边。

胡同寓居

少者迷藏老者棋，一生百态集于斯。车才通巷肘边过，
语不隔墙窗外知。联褪残红夕阳没，瓦摇衰草朔风吹。
霓虹咫尺长安道，远上云天接玉墀。

长安街黄昏散步

街西入地出街东，日月之行在此中。万毂奔流漱残照，
孤碑剪影对深宫。道通吾土泱泱域，韭发斯民处处丛。
部委署厅看国字，鸟虫花木感天风。

社恐宅在家的周末

翎剪樊笼岂自由，眼穿五日得双休。万人终脱森森狱，
一统初成小小楼。蒜剥金乡汤沃面，剧煲铁马勇兼谋。
酒朋诗侣谢邀约，乐处从来非外求。

京城秋分日落

异乡日落异人看，斜照不斜西正阑。楼势对开双铁壁，
巷形恰受一金丸。朦增处女羞天秤，温减单衣怯地寒。
白昼从兹不胜夜，飘萧短景速飞湍。

骑单车逛北京老城

大道轮飞动脉连，胡同毛细走涓涓。周流一骑管中血，
乱簌千衢车后烟。海碧行经官柳外，灯红小泊午衙前。
太平风日铜铃语，无限琉璃瓦色鲜。

居近北京二环有怀

横天二环阔，在昔众门张。轮齿衔麦穗，城楼坍杏梁。
北平昨夜雪，东国此年康。史迹与车影，川流思杳茫。

邻家老犬

院守今十岁，指呼余几春。相看吾丧我，最喜汝非人。
殊类语不到，传心眸自神。尾茸幽巷别，小曳见情亲。

京中席上偶尝张飞牛肉

张飞黑不尽，颜色到犁边。麾炙八百里，盘开巴蜀筵。
童孺忆滋味，薄宦隔云烟。蓟树深秋叶，高高乡月悬。

12.

文心别裁

切响浮声发巧深，研摩虽苦果何心？

　　　　——元好问

偶题

一

诸法不孤生， 寸心不孤起。 目前清景在， 直寻庶可倚。
读书斗室狭， 诗思无十米。 材取万象富， 山河骋万里。
万里献万象， 愤悱待乎启。 归来奋语言， 重达足所抵。

二

旧作置隔年， 览若他人句。 拙颇笑而憎， 佳处亦云妒。
朝思堂庑阔， 夕欲陈言去。 故我真大敌， 胜之以为务。
纵胜复如何， 只影惟自顾。 汩汩心内血， 空向此中注。

写旧诗

一

松风寒袅袅， 古调清泠泠。 新翻渌水曲， 百耳不一听。
缓弹歌自苦， 歌散晚烟轻。 无人觉微响， 虽歌如未鸣。

二

既作无人见， 既歌何人听。 昏昏薛氏猫， 存殁冀一评。
不有匣边眼， 谁知死与生。 黑匣严弗启， 终老困幽扃。
肢骸烂一束， 腐气吸香馨。

三

盘郁旧江山， 子出父为弑。 剩挥半枯手， 一丸抛飞地。
治权归古贤， 毗邻新世纪。 有时寒灰热， 知具虚尊意。
青年不要学， 思想缚英锐。 籍除文学史， 何处寻尔辈。

四

余力乃学文，尔岂有力者。勉力事危行，纵学慎趋舍。
小说编新剧，利名或相假。诗彼何能为，况兹旧风雅。
时来俊杰兴，曲高天下哑。诗死在须臾，丰碑立千厦。
愿作说唱俑，陪殉黄埃下。

写律诗

天藏秀句在冥幽，手得须从物外搜。熵减鸿蒙序斯立，
律裁象数鬼为愁。心颜不化结蝴蝶，形影暂忘奔马牛。
拯救无聊存意义，茫茫生活始还周。

杜甫与梅西

一

梅花雪万树，杜鹃火千丘。其一圣于诗，其一王于球。
圣王摄内外，旷世起勋猷。才调秋水生，初若滥不收。
渚崖导川路，大成烟海浮。艺国畛域分，文武各冕旒。
稽拜微斯人，五体安所投。

二

诗为毫端鞠，得句在一蹴。鞠乃足下诗，正变饶奇姿。
芜辞删豪华，人丛拨遮碍。道阻任溯洄，贵有无人态。
文章雾豹边，妙手寻偶然。巧射中其鹄，万丈开青天。
梅也信多能，百技看独步。兼人所自专，操觚必为杜。

三

潘帕一片云，影落少陵野。鞠场笺幅开，步履用陶写。
楮长妙墨挥，草青珠汗洒。异邦同技艺，万古洗凡马。
律细犹漫与，未烦绳削假。活法参死角，詄荡门虚把。
讽咏并传射，兢兢世所寡。醇酒与妖姬，留俾齐名者。
归来守妻孥，拥被春灯下。

四

千岁乖踪迹，杜死焉知梅？杜诗隔波涛，于梅何有哉？
浩荡两不知，时空错雄才。凌虚而取譬，佳气互萦回。
风味既相类，所遇忽相悖。或少已英发，或老犹颠沛。
醉歌悲未了，风偃平场草。金杯战胜归，酒杯停潦倒。

三体晬语十六首

一

一星赠汝渺云津，摘不能来望可亲。山止就山先训在，
要飞其上聚千春。

二

狙饥狙怒狙公至，随手朝三暮成四。彼日朝东暮挂西，
不移汝谓天机是。

三

星烂遥空仰贝玑，律绳道德仰弘慈。他人作狱邻为壑，
德律星空岂两歧。

四

国钩同窃异生杀，杀一夫时有深罚。杀到千夫累万夫，
煌煌树立称宏达。

五

翻覆京中诏有颁，起楼楼塌几曾闲。太行不语畿西踞，
万古看人是此山。

六

知我才宣罪我赓，当时三折泪纵横。君今肱内瘳新毒，
刮骨已忘刀上声。

七

汝祖胼胝汝父号，汝兄膏血舐于刀。承平遂谓在唾手，
宝幄象床呱尔曹。

八

灵长无端矜至尊，几希存异别先猿。能苏两胁飞腾气，
秋草狼呼月下原。

九

巾围红暖雪堆衣，春雨时来秋雨归。一滴葡萄香泪灭，
再无壁火与分辉。

十

石滴而穿谚有之，眼穿幽壁老能为。孤铛半世雪霜在，
大宙长天停一师。

十一

乳长能哺万人饥，阿母恩波圣永时。寄语客星休犯座，
嗷嗷天下有婴儿。

十二

病唇红褪枯而哑，余日掐来无一把。乞脑剜身愿遂君，
亿千毛血天花洒。

十三

雪茄最后许腾烟，魂逐指烟飞上天。罪肉如灰还地母，世人溺后不重燃。

十四

欧刀右割画师耳，死后人埋耳不死。此耳天机旧得听，盘涡平碾星空诡。

十五

予悲予喜复予歌，歌者谁人隔绛河。我是微尘寄无主，随风吹堕劫余波。

十六

秋气锥人触即创，战余龙血太玄黄。一丸岁月感持赠，弹到鸿濛有故乡。

听文学课

雪态击冰心，看去美人美。雪刃示冰肤，剖来美人死。

屠龙

拔髯血注潭，鳞甲洒天密。虚龙试意刃，批导真有术。
功见寒波平，踌躇顾莫匹。忽悟向来空，照影恍如失。
学诗亦屠龙，技在龙匪实。翻为屠狗笑，世用百无一。
枉破长年心，徒费金千镒。今是未敢言，昨非已可必。

13.

笛箫的故事

笛奏龙吟水，箫鸣凤下空。
  ——李白

长笛

长笛故人赠，分携一片心。不吹身挂壁，每忆响穿林。
夕日殷殷下，秋霜稍稍侵。凄凉寒屋寂，久矣绝龙吟。

笛箫五章章五句

一

一笛自吹声自听，初则呕哑后转清，他年或遏碧云行。
本体无乃竹笛是，苍天生我笛为名。

二

处女亭亭苦竹枝，洞口膜轻云一丝，无膜粘胶差代之。
但令高下不相谬，何妨清浊有参差。

三

独笛声酸太怜渠，新购一箫共笛居，短笛得箫色敷腴。
或宜凤背或牛背，贵贱相和不相逾。

四

耳控指爪心语口，通曲无师自千首，难看五线悬蝌蚪。
为乐在声不在形，识谱于我亦何有。

五

纵横分司职不愆，纵平于人横平天，吹箫弄笛人天全。
直节虚心鸣众窍，愿沾令德送长年。

纵横

长身纵按箫声缓，短笛横吹丸走坂。少小纵横天下心，
只今收拾在双管。

洞箫十八拍（并序）

序：庚子冬十月，余自京还武昌，访故旧也。是夜偕饮
于陋肆，既酣饱，取箫奏以足其乐。适数人隔席坐，中
一女屡赞于箫，又属余复撅前曲。初意惬甚，后竟凄恻，
俯案低眉，玉貌惨伤。正异之，其席一客拍案忽起，仗
酒寻衅，彼此交哄而散。明日过旧衢，偶值前夕某解斗者，
与寻衅人素识，为言畴昔事。乃知女为左近暗娼，昨见顾，
客意求欢，因箫而转悲，其不惬良有以也。是女也，闻
箫而气夺神驰，盖自叹身世，困顿风尘，至于泣下。闻
是言，余心大动，众亦欷歔。感事之奇，归作长篇以记。

星改其躔，人改其颜，情移境迁。子王子他日视如烟而
发褪玄。抚裂箫一本，八孔窅然。尚记东湖沿，棚屋间，
烤炉前，杯盘边。事在孟冬丁亥之月，辛巳之夜，庚子
之年。（一拍）

岁次庚子，大鼠砺齿。丁亥其月，中豕牙獙。辛巳之日
夜三更，小蛇吐涎滑且腥。齿射晶光，牙胃寒芒，涎冷
凝为珠。三物白历历，忽化三星贯串罗天衢。是夕巡天

猎户过，三星乃攀腰揽腹作带悬其裾。一星照江汉长，一星照古鹤黄。最明一星何所照，照见东湖南岸黄竹之箫流哀散怨飞宫商。（二拍）

箫声何处来？湖之街，车徘徊，午夜灰，燃蜂煤，小摊开。其箫何所奏？古之厚，今之骤，欣者秀，悲者瘦，百曲悠悠集八窦。吹之者何人？京华远客千里身，湖山曾此度青春，劫后来寻梦耶真。与友饮阔别，一杯歌一阕，醉歌双耳热。拔剑无剑止一箫，拔箫嶙峋出长包。邻桌惊顾语其曹，绕箸围座生风飙。（三拍）

唇嘘朱，指游白。黄竹箫，京华客。一声清，灶火明。两声缓，炉烟展。三阕四阕调转急，毛豆闻之豆毛立。亢不可久复哀哀，肉滴脂膏签上泣。肉泣箫亦咽，万物同赴节。花蛤奋壳击霜盘，不惜盘敧壳为缺。煮酒琥珀沸，汩汩腾甘冽。蟹眼应声瞠欲动，一舞忘形终破裂。（四拍）

箫三弄，花蛤缺。酒三巡，香沫裂。酒沫裂还圆，酒花泛红缬。缬纹生有由，应是酒花羞。花羞必有故，停箫抬首处，四目崭然遭一遇。刹那耳聋鼻塞，口爽心忒，官中惟两眼在职。明明此瞳，摄彼瞳中。彼眸曳水，渲此眸里。复不见始，浩不见止。如镜交映，叠幻无已。于是市声歇，流光凝。星斗驻，波不兴。此之谓目成。（五拍）

彼二目破空凿夜而来，瞳昽如眩，流转若恋，嵌于白玉之面。其面得酒而生春，赤涡绯沦，漾诸秀弱之身。其身飘飘乎焉所系？乃在他人怀，后生襟，少年臂。身是己身，意非己意。如优伶然，众中作戏。男女杂沓，吆三喝四。尘扑软红，风传香腻。风尘兮深深，笑为皮肉兮哭为心。（六拍）

箸既迟挥，杯复倦飞。座中肴酒已阑，目外诸官已归。余乃援箫吐向前之声，女亦倾耳纳即刻之听。恶郎哗噪，未掩竹鸣。斜席遥对，不隔交睛。呜呜凤管，荡荡心旌。怨慕泣诉，幽哉此情。倏尔调转宫移，耸闻更态。颐支慵粉，眉振颓黛。口随咿嘤，食不遑噉。此竟何曲耶？曰《一生所爱》：（七拍）

缘浅，意浓。花谢，春空。叶落，埋秋红。情人，去匆匆。三世劫，不相逢。白云外，红尘中。独坐抱幽病，望天知天命，无所逃兮波不定。苦海渡应难，爱恨风翻。（八拍）

悄终曲。女耳大惬，而女心若不足。隔座招呼，请一遍反覆。余诺其请，拾余音，缀零怨，重命斯竹：（九拍）

意浓，缘浅，箫声远。春空，花谢，江湖夜。叶落，埋深秋，女儿愁。情人，恩怨语，昨宵侣。恨匆匆，三世不相逢，漂泊霜风。走白云，滚滚俯红尘，幻爱虚嗔。独坐独参天命，天不语兮天将暝，苦海波不定。一叶渡应难，爱恨风翻，泪欲潸。（十拍）

曲悄终，尘逐风。风尘兮迷离，哭为心骨兮笑为皮。心骨蔽亏于常时，今得曲锋来割之。遂见皮肉开，心骨露。宿藏发，隐幽布。自持不及，泣已脱兔。（十一拍）

中情推激，女泪下一滴。杯生漪澜，酒亦为之酸。男持饮之，其酸入肺肝。肝作恶，乃出火灼灼。夜犹未央，肯凭一箫夺其乐。于是攘袖形臂，屈指为拳。碎碟飞动，詈语飘旋。吾众亦怒，掣瓶当先。劝者讽者，观者解者，哗然骚然。聚如沸，散如烟。纷既解，毫发全。箫永辞于女耳之侧，面永谢于余目之前。呜呼噫嘻！斯门一出，水分楚而山隔燕。（十二拍）

燕市迢迢归去，独对霜晨雪暮。泱莽兮燕川，萧条兮燕树。燕树萧条，长风萧骚，风叶飘萧。两棍伴萧寥，一人一箫。（十三拍）

一叶胡为乎辞枝，请问朔风一丝。风胡为乎骤兴，乃大块噫气而后能。大块胡为乎噫气，恐其鼻酸外发而为嚏。地鼻胡为乎酸哉，必有人衔酸抱恨而出涕。涕酸垂淋漓，下渗入九地。辗转形于叶，感应诚足异。余知之矣！一叶坠，汝必滴一泪。万叶落燕山，汝必万行红阑干。（十四拍）

偎诸老翁，叶脱于枫。傍诸乞儿，叶脱于葵。叶辞白杜，客歌且舞。叶落山楲，客垢且秃。客在帷，泪华滋。风在树，叶离披。片片落，点点垂。两到地，两不知。（十五拍）

美土密林飞蝴蝶，英王骏马失蹄铁。南翅不休，北雨不歇；铁钉不具，卒尔国灭。其兆虽细验则洪，其事虽异理则同，间关千里一时通。（十六拍）

忽一夕，猎户又出巡天。腰带高悬，三星贯连，乾象宛如前。所异乎前者，星照万木空空也。根枯枝悴，无叶可坠。想是汝心渐坚，所以汝目无泪。女泪竭，水气绝，箫壁此夕干而裂。（十七拍）

岁时走马，功在不舍，如斯逝者。子王子此日耳涛泻而颜褪赭。抚裂箫一枝，八孔暗哑。思往事于绿苔瓦，短檐下，荼蘼架，花木罅。时惟太平不易之年，老不生事之月，百无聊赖之夜。（十八拍）

箫裂歌三首赠武汉黄竹之箫，箫自春英诗社壁上摘来，至京试吹而裂

一

一淮横分二树别，南国黄竹江中结。携来朔土定如何，风前五节吹时裂。物性莫夺今知之，忍听脆响鸣燕月。呜呼悲卿所遇亦自悲，根漂万里兮蜀乡绝。

二

忆昔樱花花下集，风露娟娟黄竹湿。虽不潜舞东湖蛟，汉上游女闻曾泣。我去江城何人吹，蛛网轻蒙暗尘入。

呜呼独守肯教幽室中，必待相从兮开郁悒。

　　三

卿实为箫我名笛，笛箫相得意相激。一时浪博耳中欢，
悲生往往在其极。此日指下葬此君，何似壁间悬寂历。
呜呼悔不任卿滞炎方，情久长兮焉计朝夕。

雨余秋夜寓所弄箫

一岁青春绝一弦，弦空耳寂到中年。未应全屏丝兼竹，
尚抱余怀箫奏烟。万籁调停秋雨后，三生猜想晚灯前。
此声与月俱如水，冷浸邻家有不眠。

14.

二〇一八——里奥·梅西

卫青不败由天幸，李广无功缘数奇。

——王维

六月末的喀山

沙尔克午后，日屑轻于氅。十九举号牌，动膜耳哗涨。
我是有形风，疾掠草身痒。长发恋惊飙，脑后织棕网。
颠毛忽下移，化髯森森长。澄湛罗刹天，衣色正模仿。
只手提新败，独立霄下壤。忍遽辞碧茵，青春在追惘。
无愿寄所来，有忆系诸往。我忆一切时，孤心碎清响。

里奥里奥

里奥里奥，何处觅尔笑？非共腮并埋于髯丛，定与恨同
饮入心窍。里奥里奥，郁郁将焉造？大道如天不得出，
绝顶无门悭一到。归欤归欤，苔垣烟瓦童年居。祖母织
旧间，妹兄喧旧衢。球伴可呼，方场可驱。烤牛堪茹，
葡萄待沽。云胡不归将焉如？归矣归矣，三十二芒朝日
起，巴拉那河粼粼紫。柔薨暗牵出邻里，安东内拉裙衩喜。

针在股

针在股，管在握。针颖坚，幼股弱。凤婴斯疾，所须唯
药。家贫风檐矮，压吾不使高。日见医口谆谆，母怀忉
忉。抗地力之下引，应天心之上招。塑管银针每自操。
月伸一厘，旬长一毫。管在握，针在股。虽幼弱，休吾
侮。会成巨人仰为俯。

辞国

母耳知此疾，风泪连珠飒。父耳知此疾，俑立作衰塔。
数口俟填充，腾挪医资乏。不惮烟海阔，灵乞异邦法。
父手糙而毅，万里受其拉。左拉越经纬，右牵俯岛岬。
回首阿根廷，翼外浮青发。育我十三载，别我只一霎。
唯有故乡云，长与机舱狎。

巴塞罗那西班牙广场酒店

一

褰帘幼睑开，围城夜幕阖。呵拭玻璃脆，高楼望孤怯。
一笔何处山，双耸何代塔。何人践危柱，指海气英飒。
众帜飚蓝红，阿苏格拉纳。二色之欢媾，华灯与禅衲。
顾我客房静，壁槽门卡插。牙具倚兀傲，浴巾垂拖沓。
父眉若有思，万类皆自洽。冥冥彼何知，新王正下榻。

二

十载未须经，亿口炙我名。忽忽不逾纪，此城为我城。
我像绘众垣，我衣衣众生。我哭倾城雨，我乐万间晴。
队固甘伯肇，筑依高迪成。论恩迫上帝，非我其谁胜。
而我秉幼躯，当日卧怔营。手艺思母馈，鼻雷苦父鸣。
收容幸勿拒，生长幸勿停。茵溷花难主，去留天是听。
自丧嗒然久，鸟报旅窗明。

祖母在天

小蚤于跳，奏技呈道。妙戏单球，狂博群叫。烂锦生涯，
祖母寔肇。祖母在天，丹忱是告。（一解）
胸字十划，指戟双纵。敌阵屡穿，敌门屡洞。心之云爱，
呼吸如共。祖母在天，万捷是奉。（二解）
杯耳捧辉，带姿飘绚。寰宇蜚声，功成弗见。虽则弗见，
冥知有忭。祖母在天，桂冠是献。（三解）
故国召我，慷慨赴之。锐旅天亡，非战误之。国人汹汹，
莫肯恕之。祖母在天，何以愬之。（四解）

凝视大力神杯

神力何大，托坤轴而无碍。匠雕汝于坚金，伫孤台以嘲败。
我力何微，曾不能举一杯。恨单刀之偏柱，更远射其越楣。
惟此遇实非初，梦中与汝早相熟。今出华胥之懵懵，履
真境之肃肃。依旧轻擦魂灵，拒肉体之一触。汝荐我以默，
我吞汝以目。彼何人斯，白光闪镁。摄吾寒影，贮胶片里。
摘兹瞬于万帧，时刻严重而倏止。七月夜序十三，公元
二零一四。

蓝白与蓝红

蓝淡以荒，想联穹苍。白添云饰，吾国吾乡。（一解）
蓝深以蔼，海拍加泰。猩红嵌条，所亲所爱。（二解）
夏着蓝白，坪生榛棘。秋披蓝红，彩衣牵风。风牵彩衣，
载遨载嬉。榛棘生坪，何以为情。（三解）

阿根缇娜

盘阿兹台克之湖岩兮，灵蛇受衔乎鹰口。仙人百刺而成
掌兮，上帝一跃而为手。脑加前王之冠冕兮，余誓踵武
以先后。阿根缇娜，是赤膊之群吼。（一解）
翔潘帕之代有鹰兮，渺新陈之换世。长翼轩奋而垂天兮，
水银横流以贯地。击回风而不恤兮，中道力摧而不济。
阿根缇娜，是濡襟之清泪。（二解）
阿根缇娜，擘乡思之远罅。见雪碑之簇方尖兮，灿玫瑰
之宫榭。阿根缇娜，在牵风之罗帕。夫人小挥于黄昏兮，
云卷大旗而徐下。阿根缇娜，灯张探戈而不夜。阿根缇娜，
眼张高天而不暇。阿根缇娜，时冉冉其素王老也。阿根
缇娜，何当踏地裸衣飞双膊而啸咤。（三解）

蓄须

须稠，若虬。幂幂镜中看汝，上接青鬓下掩喉。须怒，
若虎。旦旦誓中蓄汝，不削直至金杯举。吾将为弥赛亚

香膏受封，吾将为波塞冬三叉舞铜。金根一一刷悲风，
敌瞪敌走色忡忡，飨吾邦民取勋庸。不然运乖身殀帝不
假吾力，掣斯两肘腘两膝。桂冠空而老死，长此腮颚之
饰。须白，若戟。

三星在徽

袍悬蓝白，飐飐漪轻。日藏幽橱，夜耀两楹。我生之初，
徽上双星。（一解）

运移祚衰，我生之后。战神风子，余勇难售。坐室愁看，
双星依旧。（二解）

及我专征，济济邦彦。阿勒曼尼，三发踵箭。轰然仆僵，
双星不变。（三解）

咫尺金杯，迥不我逮。一篑痛亏，蝶亘沧海。坠翅殒身，
双星无改。（四解）

遮腮髯浓，指天发怒。汗血无多，盐车窘步。骏骨折风，
双星如故。（五解）

贝隆夫人，苦调流悲。我行倦矣，妻孥迎归。夜拾残梦，
三星在徽。（六解）

15.

彤的生日

相思无十里，同此凤城寒。
　　——龚自珍

寿彤集序：跟彤爷谈恋爱了。相识是在秋天的一次朋友聚会上，一转眼，三个多月，毛衣羽绒服替了薄衣短袖，彤爷生日也到了。送个花吧，会谢；送好吃好喝的，吃完喝完就没了；好包呢，暂时还买不起。能怎么样呢，写点东西凑个集子吧，露一手本色当行，也算我俩的季度总结。这份礼物，不因时间而变质，不随饮食而消灭，也非寻常钱财能买到，蝎子粑粑独一份。在此献给彤爷，附上我的爱和祝愿。（2021.12.29）

摩羯寿

宝瓶之西人马东，当日瓦弄摩羯宫，昌黎苏子身与同。摩羯之羊，破藩砺角所向惟空阔；摩羯之鱼，预流乘时跃或化为龙。鱼羊会，鲜妍锺。岁阅廿七行匆匆，霜天北地此相逢，载笔鸣盛寿吾彤。汝从事笛欣再拜，陈诗祝愿达深衷。

戒指移

春葱如削，食指银约。食指孤零，中指卿卿。私语拂耳，意乃分明。银乃移指，去彼就此。月正当楼，风吹无止。

镜声锵

二博士，眼茫茫。镜佐之，镶以框。突兀于面目，吻相赴时声锵锵。

两重衣

椒滚水，盆围山，我生西南天地间。教堂尖，铁道细，君家东北风尘际。风尘静，天地清，迢迢一线会神京。京阙深，秋宵宴，薄衣两重忆初见。

掌中青

罩薄不可恃，群毒兼天壤。时期非霍乱，亦成霍乱想。
爱情救无药，罹患关痛痒。相思凤城穿，披疫时来往。
往来检其名，出入扫其屏。所愿掌中色，绿码长青青。

水木缘

来汹汹，疠殊峻。黉森森，焉得进。进清华，守卫遮。
近清华，水木嘉。嘉木栽杨迤两列，风响其梢灯明灭。
车边园外横长椅，并坐何人眼如水。水木嘉，近清华。
月已斜，且归家。

口目譬

古学君所学，古心戴古面。挂屫隶法开，波磔挑唇线。
颐解会逢初，口角扬时出飞燕。（一解）
假面阅匆匆，谛视乃真我。何以名我目，非圆亦非椭。
闻所未闻，奇哉汝云：方而能曲，饕餮之纹。（二解）
思维戾天，生存附地。中何以通，千千取譬。（三解）

荒碑古

滇国霜刀斫烂漫，论碑听君喜二爨。隶楷半取亦奇姿，
寥落荒丘时不知。稚体童心备一格，此气潜转为我得。
古拙恢恢寄天地，感君相怜不相弃。

并读书

春沟，云岭。雀舌，龙井。上茗烟，飘鬓影。一双人，
两册书。往者沉埋，阅之则苏。汝目十行，我口三复。
死起群贤，精灵满屋。精或感而语，灵或忭而舞。读书
非赌书，休泼香茶湿香楮。

剧院行

音渊剧薮，同行携手。携手同行，夺目其形。其形如卵，
育弦育管。其卵如龙，色变重重。（一解）
卵色黄，金屋流光。灿彼椭球，空浮茫茫。不有风吹皱，
焉知渠在水中央。（二解）
色银而红，水晶之宫。海对瀛台，惟南与中。宅泱泱国，
大声唱大风。（三解）
色红而青，绸缪两情。木土珠贯，金最为明。束薪兮何
日，天有三星。（四解）

看铡美

天安门西歌弦发，夜戏同往踏霜月。月悬公额霜凝铡，
香莲一哭美为杀。汝说此足起深思，我谓且念识汝时。
此后此心沉丘井，邀赏何须语相警。

聆肖邦

社稷坛高五色土，条分旌旗色亦五。旗脚当日升摇摇，
重洋惊遁中山樵。忽占一父冠一国，公园笙歌绕列柏。
中有琴籁最含情，礼堂群键纷黑白。中国耳廓听波兰，
但赏他人意不完。何当夜曲子夜弹，学成为汝足清欢。

琉璃厂

宣南坊，故纸孰与黄历黄，霉芬满路杂松香。士子鼠尾辫，
昔垂今不见，化为螭钮蟠铜章。金石落落，寻斋问阁。
册页翻翻，入店出轩。笔法递师法，一一为我道其源。
墨线形山川，曲线勾侧颜。王郎天壤内，旁观觉汝贤。

海塔白

双桨荡，舟推浪。领巾翻红，童稚一双曾唱。童各长为
人，二十余春，海边今日身。两身看塔插波底，两情逐
波低复起。海长在，岛不灭，岛中白塔坚且洁。

景山夜

巨镜何人设，禁中穿百殿。南北亘迤逦，东西如自见。
城阙分玲珑，对称依虚线。王气中轴来，锋芒射人面。
我立轴之东，尔在轴之西。相坼纷左右，相照各肝脾。
规模有匹敌，谁较铢与锱。月出大京白，此情更何私。

拍卖展

红持葡萄酒，波翻巨贾手。红涂美人唇，裙褶拂高跟。
红炒国手画，锤音候天价。红者主旋律，音符千瀑下。
浩荡千红外，素或不相宜。颜不犯铅华，盏不把琉璃。
未知买与卖，共看帖兼碑。面包谅非远，爱情已在斯。

流水账

记一晚。看罢嘉德秋展，携我至老馆。馆名悦宾，胡同
客满客常新。君北人，我川人，菜系鲁菜。菜上得颇快。
五丝桶真香，锅塌豆腐色黄，蒜泥肘子思故乡。近尾声，
诗至此。胡为乎作此，但试新体记流水。

初雪会

冬何以立雪为告，北人惯见南人笑。泥踏靴滑行扶持，
手未能牵牵手套。昏灯小馆语熙熙，鸡不要炸酒非啤。
只汝乡味荐鲜饺，松花江忆冻琉璃。琉璃窗，雾生隐。
拭晶晶，流沘沘。看一天雪下得紧。

逛长街

雪霁三界明，北风烈于酒。暖掌须温玉，乃携纤纤手。
长街满阳光，十里开户牖。橱窗耀珍玩，看两眼即走。——
天气好极了，钱几乎没有。

坛上星

古人非，古坛在。夜之午，神之界。手有携，耳绝籁。
猎户束三星，为汝指腰带。此带落人间，吾亦系弯环。
娱乐有时解，憔悴有时宽。

哥窑裂

釉层层，浮乳凝雪。火投其胎，痕纷纷裂。裂而不碎，
冰纹联缀，此为贵。（一解）
花月为盟，山海斯许。至亲至疏，眷然男女。但不相离，
岂无龃龉。舌斗唇争，恩怨尔汝。（二解）
一怨是怀，釉纹一开。一争是奋，瓷生一璺。百璺千裂，
生活同节。艺有提炼，何争何怨。（三解）

锦灰堆

跌破茶缸，打翻字篓。朝朝深巷腾鸡狗。男儿剩酒滴新汤，
女儿舌与绿发长。地添长发谁扫，蒜停木臼谁捣。君不
见万事丛残琐琐飞，堆作锦灰亦可宝。

周不休

阿六降公后，阿日膝亦软。新科零零柒，间谍真国产。
把轴收字画，举世朝内卷。山水与龙蛇，屈抑谁能免。
周末氢气球，升遐不复返。飘然碧空尽，益去尔我远。
我自加我班，尔且加尔餐。徐徐图后会，夜夜通晚安。

猫化身

女菩萨，善变化，神通岂胜数。三日不见在谁边，院中狸奴猜是汝。欲来又不来，欲去复徘徊。暖暖冬阳泻，昏昏眼半开。

三日别

诗云一日别，酷抵三秋迁。换算依典则，暌离近十年。歌厅唱奕迅，开嗓此为先。情人褪作友，陌路他时缘。春怀入呓语，秋风出俸钱。阳光夏衫味，手套冬不捐。暮暮朝朝想，平平淡淡天。

恋中犀

视物近乎盲，犀目生如此。恋爱失舆薪，莽撞黄昏里。鼻观虽敏听人穿，穿时如狂五味牵。七窍凿多奚为用，话剧同看思亦共。犀之用，不在鼻，不在眼，乃在灵纹通一心。愿吾与汝长致意，燃犀互照见深深。

三九祝

九其龄，习礼明经。二九及，人成玉立。三九妥，乘缘逢我，运命交关镇相锁。岁一番，诗一篇。一咏一华年，二十七咏足斯编。才与慧，絮兼天。福与寿，葛绵绵。

16.

诗可以群

勿言一樽酒，明日难重持。
　　　　——沈约

贺《诗刊》创刊六十周年三首

一

诗通言有以，刊订寄常来。斤斧草创毕，风霜花甲开。
振兴元自负，标帜岂相猜。惯得群贤力，殷勤事别裁。

二

评能依月旦，诗有类规箴。主席垂询切，鸿基润色深。
刊行发俗耳，删汰近天心。四海知眉寿，纷纷动好吟。

三

俱进时宜合，风行雅颂兼。国诗容附丽，西体竞新尖。
响应投无绝，天高审自严。流传及氓庶，不独利锤镰。

曹君玉骞返自黄河源席上赠鄂陵扎陵二湖彩石二首

一

黄河落天更东注，波涛上拂补天处。曹子探源天上来，
袖得河边石无数。一石一色各粲如，五色真恐锻炼余。
娲火羲燎烟霏远，沦作肌纹纷碧朱。当时无力积未厚，
细弱才堪负觞豆。波轻石重曝荒滩，遂入红尘为人有。
相逢相赠在华筵，柔蔬腻肉讶贞坚。漱此寒石厉吾齿，
好嚼蔬肉爽无滓。

二

此身我已堕巴蜀，故老惯传君平卜。前身君是博望贤，
好凿险远亦名骞。张骞探河得奇石，旧用支机人莫识。

持问君平访成都，恰似今朝子对吾。吾观石瘦光参错，
与君骨相双磊落。衔不盈口握有余，惜无传记昭闺阁。
拜石却叹君家芹，举世争续谁逼真。石上万一真笔现，
不辞呕沥批脂砚。

友人赠三品香氛蜡烛，曰"白兰""午夜龙舌兰"并"冬日木屋"，清夜静焚，温光幽馥，沛乎满室，乃分咏各品，合起结二首足为四章以寄

一

烛也劳投赠，缄开得三枝。细木擦瘦火，夜眼张于兹。
温微萦指掌，鼻苏香迷离。光来暗室饱，摇壁淡黄漪。
膏出煮宵泪，泫然无多时。蜡与火交战，既决两相遗。
芳烈亦佳谶，政老奚足悲。

二

炎洲足妖怪，赤地嘘白云。西土毒龙舌，拔之邀奇勋。
种舌埋云雾，得兰香不群。二兰烧入烛，竟夕播佳薰。
月午三针合，钟鸣两日分。分合无定在，生涯逝有垠。
静拨盏中蜡，幽思漾氤氲。（白兰与午夜龙舌兰）

三

寒暑不胜移，冬阳短无脚。乍仰一轮升，长风吹即落。
同落见山雪，满窗浩漠漠。炉袅松枝烟，围话尽余乐。
佳节奇馈在，木门有剥啄。苍髯衣帽红，牵梦挂鹿角。
橇铃且轻撼，休教儿辈觉。（冬日木屋）

四

顶灯何太明，遍照心之幽。心幽不可曝，灭听烛火流。
秉之焚万虑，延昼事清游。兹游能几时，天地忽已秋。
人难别后绪，烛易风前忧。他夕知何夕，得共此光浮。
剪芯成夜话，飞蛾且归休。

赠早川君

蓉堂居士瀛洲儿，姓曰早川名太基。许身自是金乌裔，
说向黔愚知者谁？忆昔初逢珠浦上，南州耆宿搴书帐。
夜堂清啸意先倾，更作酒狂踵尧畅。峻德克明见放勋，
眉分八采真龙相。步兵失路亦豪英，歌哭如闻竭疏宕。
琴奏龙门之绿桐，吟猱摘打声摩空。爪长巧拂琵琶水，
弦涩欲鸣金阁钟。透窗摇木风骚屑，观者堵墙坐鹓列。
稀星曲罢次东维，蛟蜃出穿江底穴。一自燕京醉别君，
不绝隆名噪耳闻。三十六景开富岳，攒花诗笔竞纷纭。
海东七尺青衫客，万里辞根甲斐国。人间有此少嵇康，
逢迎到处无南北。奈良晁卿古拍肩，才气知君上揽天。
中国今存丰彩未？大唐灭尽一千年。

赠范云飞远游青海

西平故郡榆杨枯，西宁新府井闾疏。穆王八马秣霜草，
汉将百世伐乌孤。大荒有木阴阳入，昆仑有顶仙人居。

吾子闻胜辄规往，旷漠仙府肯遗余？肠撑文字逾千卷，
更履步綦弥九区。坐是便便五经笥，行则铿訇磨诗书。
愍纬岂修饼家语，学宗左马大官厨。又熬气力孔武甚，
先王道胜肥不臞。去岁滇国访蛮貊，看鸥羌海梦魂虚。
今出绝塞不道远，西驾铁车逐日车。盐泽忘身宾出日，
壮观一睹色敷腴。青山浓淡围青海，白鸟沉浮照白须。
雨过沧波动鳞甲，风来大壑酣笙竽。来格河湟勘舆地，
阐证经史正要渠。尔兄犹作南斋卧，烟云空想浪迹殊。
学开先约秋灯下，示我新绘西海图。

苏州遇韩颠

齐鲁产麟儿，吴门结英俊。韩生大名喧，豹姿殊奋迅。
头颅拜亲师，肝胆托忠信。立谈挟英风，一晌清鄙吝。
慧通五味禅，勇摄万人阵。无乃梁山胄，定持临济印。
力兮悍如虎，关山拂霜刃。志兮拯焚溺，乡塾提后进。
四壁惟简书，三已无喜愠。冬酿太雕熟，五斗聊拨闷。
旋饷淡巴菰，二指夹红烬。大坐烛影昏，烟圈吐寒晕。

吴市大有堂与韩颠饮戏作二首

一

南巷水堂名大有，堂外碧波流似酒。当筵馋杀酒人心，
市酿沽来争入口。船挂石桥月挂窗，火出泥炉液出缸。

吴娘半老珠喉在，婉娈听是昆山腔。别有一事强不得，
我生白净君肤黑。面白徒供泄酡红，黳黑恰便掩酒色。
气概为主色是宾，休道饮量不如君。

二

叶飞地白冬萧索，书肆奇逢清艺阁。英风打面昏眸开，
宏量天然非以学。长身絮袄裹西风，布裤尘染灯芯绒。
论诗不向同光拜，得酒愈知心胆雄。芒角曾犯谁家忌，
醒转未堪一一记。但记更阑客堂空，雪乳祛醉眼惺忪。
粉壁四垂竹帘静，炭火毕剥地炉红。

采桑子·郑君伊凡之美留学伯克利大学因赠

一

知君志在中区外，美习风标。欧侣英髦。良马谁能餍本
槽。　东飞万里骑鹏背，上接扶摇。下瞰崧高。赤日蜗
行不可敲。

二

隔窗庞夜浓于酒，机下烟郊。旗飐星条。一线金门贯海桥。
异乡异客今真是，收拾空寮。打发秋宵。窄月当帘斗沈腰。

三

神州万古荒荒月，甫出旋低。鸦噪星稀。未放清晖到泰
西。　我方欲睡君还起，乌兔分司。昏晓参差。梦也无
由接片时。

四

初来二陆俱年少，同第登龙。洙泗春风。小大偕鸣坐扣钟。　梦中师弟飞扬入，于老雍容。范棣淹通。李四郎当与我同。

五

清明记得黟山旅，扶瘦筇来。登古仙台。黄帝丹成有劫灰。　劫灰飞作三春雪，歧路深埋。天地皑皑。压顶顽云叫不开。

六

偕游曾到归元寺，叶下苔墙。龟出莲塘。不语沙弥理瓣香。　头陀数到千尊后，君说无量。我更茫茫。满院疏钟报夕阳。

丙申八月郭鹏飞兄将赴日本访学作此留别

不作赠酬诗，才思叹枯槁。郭公非众人，焉辞更敷藻。
广府情何深，款对海珠岛。欢留醉后多，书恨别来少。
今复奋云翼，培风出东徼。藩篱破旧疆，阃奥开新造。
细勘吾妻镜，闲参徒然草。南土与东瀛，在在驰襟抱。
左京多艺伎，如玉麻姑爪。曲但赏其真，色无贪其好。
索句旬月前，病体埋深稿。迁延乃至今，歉疚何由道。
当恕百务缠，考博令人老。但教诗意亲，岂在相投早。

梦李四吹箫

狂客抱箫心，来吹江海音。一吹一敛态，万窍鼓大块。
定学秦楼鸣，殊非吴市籁。人在春风前，声落白云外。
魂游变无居，梦断响有余。王褒空作赋，子晋形踪虚。
君来如走马，君去谁相假。长安望不见，京霾厚堪把。

酬李四

志删述，贵清真，太白十世得诗孙，谋食大隐金马门。
卓特何曾效谁某，鸾坡初仕即魁首，天风吹滟杯中酒。
猿鹤自来别虫沙，亦触谤伤肺槎牙，醉中绝叫拂铜琶。
奔沸秋星太仓粟，世上庸人杀不足，掌心古水沉沉绿。
大儿文举小儿修，大笔淋漓小巫羞，往矣宁顾众口咻。
君岂甘居元白亚，肯向长安询米价，偃仰风云时啸咤。
蒿倚青松莛叩钟，师友相彰古难逢，四海微尔将焉从？

燕京与李四别兼忆前醉百场

解携城南隅，默看天尺五。头悬宿醒重，渴咽犹焦釜。
恻恻别长途，后会知何所。四载交兰臭，自足慰征旅。
青眼忆论交，素心同把臂。优游江汉湄，遍饮龟蛇地。
十盏中区窄，半壶牢愁闭。率尔天真出，及兹神光契。
深趣醉能言，谑浪醒不记。为醉凡几何，穷筹莫得计。

沽酒峨眉下，开樽洞庭边；酌羽湘流侧，击觥簧府前。
或饮锦城秋，文君语若弦。或饮京都暮，雪落何翩翩。
或酢敦煌月，沙白入高天。进觞胡姬笑，佐味就腥膻。
或祝西湖草，拔岸立芊芊。玉山酣欲堕，青茵藉地眠。
卒业辞武昌，又作溟渤会。八月海上凉，先时炎威退。
夜气通岩峤，渔火移明晦。浮槎压仙波，星河忽破碎。
凌关碣石险，截云燕山横。风飑岛冈裂，萧萧鸭绿兵。
庖人荐鲜肥，曲车堆长瓶。邀入旗亭下，虚窗敞蓬瀛。
赵客推恩分，燕人重世情。然诺慨相许，英怀四座倾。
谁能当此夜，鳏鳏忍独醒。绿鬓俱未老，岂必泥养生。
得酒逞快意，清浊续勿停。佳欢贪一晌，作恶数日平。
渐硬肝胆质，居多謦欬声。谵语庶无忤，静思悔宁馨。
芳醪真谁造，施恩少知己。纵饮虽折益，强止情无喜。
他日对杯盘，随分论节止。爕谐营卫具，善保千金体。
生涯期百年，坤舆九万里。别岁有相逢，丝弦待重理。
重逢访百城，一城一酌醴。共君机筵上，快饮直如水。